民国首版文学经典

休 息

王实味 著

给予者

欧阳山等 著

上海科学技术文献出版社
Shanghai Scientific and Technological Literature Press

图书在版编目（CIP）数据

休息 / 王实味著．给予者 / 欧阳山等著．—上海：上海科学技术文献出版社，2014.5

（民国首版文学经典丛书）

ISBN 978-7-5439-6176-0

Ⅰ.①休…②给… Ⅱ.①王…②欧… Ⅲ.①中篇小说—小说集—中国—现代 Ⅳ.① I246.5

中国版本图书馆 CIP 数据核字（2014）第 030323 号

责任编辑：张　树　于玲玲　李　莺
封面设计：周　婧

休息、给予者
王实味　欧阳山等　著
出版发行：上海科学技术文献出版社
地　　址：上海市长乐路 746 号
邮政编码：200040
经　　销：全国新华书店
印　　刷：上海中华商务联合印刷有限公司
开　　本：850×1168　1/32
印　　张：8
版　　次：2014 年 5 月第 1 版　2014 年 11 月第 2 次印刷
书　　号：ISBN 978-7-5439-6176-0
定　　价：45.00 元
http://www.sstlp.com

出版説明

民國時期雖只有短短三十幾年，却在中國歷史上擁有極重要的地位。隨着地理封閉格局的打破，社會制度的轉型，思想束縛的解放，社會的文化和學術也開始了古今中西新舊融合創新的歷史過程，迎來一個百家争勝、异彩紛呈的局面，直接表現便是名家輩出、佳作迭現，且其視野之開闊、學識之淵博、影響之深遠，爲前代所不及，亦爲後人所難達。

有鑒于此，我們從民國時期的經典著作中精選一批，以“民國首版經典叢書”之名將其影印出版。第一輯共收羅了三十四種著作，合三十册，分爲“學術”和“文學”兩部分。其中，“民國首版學術經典”包括梁啓超《清代學術概論》、舒新城編《近代中國留學史》、王孝通《中國商業史》、胡樸安《中國文字學史》、李長傅《中國殖民史》、姚名達《中國目録學史》、吕思勉《歷史研究法》與《中國文字變遷考》（合一册）、胡適《五十年來中國之文學》與劉師培《論文雜記》（合一册）、吕思勉《理學綱要》、吕思勉《白話本國史》、柳亞子等編《蘇曼殊年譜及其他》、顧頡剛編著《妙峰山》等。

這些出自名家之手的著作，或爲開一代風氣的創新之作，如舒新城的《近代中國留學史》，是近代第一部研究留學問題的專著，奠定了留學史研究的根基，也是研究有關中國留學歷史的必讀書目之一；如吕思勉的《白話本國史》，既是他的成名作，也是中國歷史上第一部用白話文寫成的中國通史；或爲總結先賢、啓發後來的集大成之作，如梁啓超的《清代學術概論》，這是一部闡述清代學術思潮源頭及其流變的經典著作，也是梁啓超的代表性作品之一，將清代學術從時代思潮的角度劃分爲四個時期，并對每個時期作了簡要而中肯的評介，精辟分析了各個時期及其代表人物的成就與不足，一經問世即受到讀者歡迎，并成爲一代又一代青年學子的入門必讀書；再如胡適的《五十年來中國之文學》，從古文的末路、古文學的新變、白話小説的發達及缺點、文學革命這幾個方面再現這五十年的文學，在傳承舊學的同時更開新路，爲文學變革鋪墊、利導。

"民國首版文學經典"則包括黎錦暉編《留歐外史（第一集上編）》、朱湘《石門集》、邱東平《火災》、王實味《休息》與歐陽山等《給予者》（合一册）、徐志摩《徐志摩選集》、邱東平《第七連》、蕭紅《生死場》、張資平《紅霧》、張資平《飛絮》、陳夢家編《新月詩選》、徐志摩《雲游》與《志摩的詩》（合一册）、弘一大師紀念會編《弘一大師永懷録》、葉靈鳳《紅的天使》、朱自清等《我們的六月》、《魯迅傑作選》、郁達夫《迷羊》、胡適《胡適留學日記》、葉靈鳳《未完的懺悔録》等。

文學爲人民群衆喜聞樂見之事，其影響既遠且廣。叢書中所收，不乏當時的"暢銷書"，如蕭紅的《生死場》，甫一出版便轟動當時文壇；如張資平創作的言情小説《紅霧》、《飛絮》等，一版再版，暢銷多年；同時還有不少品種是現今流傳較少，甚至是建國後第一次影印出版的，如弘一大師紀念會所編《弘一大師永懷録》，該書于大師圓寂一周年時出版，當時僅印發一千册；如黎錦暉編《留歐外史（第一輯上編）》，一九二八年首版發行，建國後一直没有再版，已很難找到。

綜上，"民國首版經典叢書"内容包羅萬象，涵蓋詩歌、小説、散文、紀實文學、史學研究、理學、文學研究等方方面面，所選皆出自名家、大家之手，或爲各學科奠基之作，或爲集大成之經典，或爲震動當時、影響深遠的傳誦之作，其中不乏流傳很少、極難覓尋的孤本，我們苦心孤詣，找尋到這些經典著作的初版本，原版影印，精裝制作，以饗讀者。

編　者

二零一四年二月

休息

王寶味 著

上海中華書局印行

新文藝叢書

休息

王實味著

1930

中華書局出版

寶薇的序

我至欽仰至敬愛的涵哥！

兩年前的今日，正是一個英逸俊拔，極端反對自殺的青年，你，因爲種種的壓迫，憤激，悲哀，失望，病苦，以致不得不拋棄了一切而葬身於我們故鄉瀆水中的時候！光陰是如何地飛快呀！此刻，在這寒月黯淡寒風陡峭的凄清之夜，我閉目冥思着，涵哥！你那和藹靜穆的面貌，你那明哲澈底的議論，你那滔滔傾瀉的雄辯，你那剛毅狂熱的精神，甚至你那我未曾目睹的悲壯的死！——都一一顯現在我底眼前，我不禁清淚橫流了！

涵哥！我眞愧對你！我們同學六載，愛若兄弟，關於你個人和家庭的一切，我都很詳細地知道；在得到你底噩耗以後，我也曾發願要寫一篇激昂悲壯，淋漓盡致的小說，把你介紹給現代青年，哪知兩年來萍踪浪跡並受了許多創傷的我，直到今年暑假才又來北京過這學生生活，中間既無多餘閑暇，又恐沒有文學天才不能把你那偉大的人格表現出來，以致直到今天，已是你底兩週紀念日了，還未寫出一字來！涵哥！親愛的涵哥！你底薇弟是萬分對不住你了呵！你原諒我嗎？

今夜，從晚餐後到現在，我把你離校後給我的十一封信讀了又讀，心頭充滿了憶戀，憤悶，悲哀；我決計把牠們拿去發表，讓大家多認識認識這滿佈着魑魅魍魎的萬惡社會，領略領略你那堅苦卓絕大無畏的精神，使你底英魂永在。你那鋒利的筆，寫出你那烈焰般的情感，怒濤般的血潮，必能使讀者感受得更深切些。

你留給我的絕命書中說，「我只是要到那澄明靜冷的清波裏，休息休息我疲癥了的精神，調劑調劑我枯涸了的血液，潤舒潤舒我燒焦了的靈魂；——待我恢復了我原有的力時，再和這妖魔社會搏鬥！我是不會死去的喲！」涵哥！雖然你寫那信時，神經想有些變態了，但你那無上的「力」，確切是永遠活躍，永遠不死，永遠不會磨滅的喲！好！你底死並不是自殺你是去休息休息恢復你底力量；就用「休息」兩字作你遺書的標題吧，你以為何如？

親愛的涵哥！現在我執筆追憶着我們過去的友情，感到這滿目荊棘的人生路上，失去了你這樣一個勇敢英俊的愛友，我是如何地慘痛！滿腹辛酸，叫我從何說起？兩年來的薇弟，也沒絲毫什麼可告慰你的，不過對人心的鬼蜮，社會的黑暗，更多更深了解些罷了。可使你聽見喜歡的，便是我已從一個柔懦的書生變成個勇敢的人生戰士了，——這也許是受了你的感化。

涵哥！以上的幾句話，就當我今夜祭你的誄文吧！

實薇謹誌于北京　一九二五，十二，二，夜深。

休息

第一信

實薇我弟！

在淒風冷雨中，我結束了快樂的學生生活，離開了寄居三載的汴梁，離開了學校，離開了你和親愛的朋友們；我懷着滿腹鬼胎走向這黑暗齷齪的社會路上來。素日自命洒脫不羈的我，心頭也不免有種種的疑慮與憂恐，不知此後的世界，對於我將呈一種什麽狀態！

校門前匆匆話別，在滑稽的梧波底笑語中，大家都沒感到別離的悲哀，我十分感謝他底美意。那駝背的車夫在泥濘中把我和簡單的行囊迂緩地拖到車站，忽促地買了車票以後，已聽見火車將到的汽笛聲了。車開行時，小雨還霏霏不斷地淅瀝着，上下車的又極寥寥，站台上現出一種暗淡淒涼的況味。幸而我再三阻止你，沒曾送我；不然的話，在這種情景之下握手言別，雖不是從此天涯地角，但幾年來同居同食，愛逾兄弟，乍然勞燕分飛，能不有一番深劇的傷感嗎？車中乘客也極稀少，平常坐兩三人的櫈上，多半是一人獨佔了。我伏窗外望，凝視着白茫茫的煙雨，迷漫得天地渾然合一，心裏只覺得空落落地，並無苦或樂的感覺。

在迷惘朦朧中，飛過了幾個小站，不知不覺已抵鄭州了。下車後天漸漸昏黑，站台上瓦斯燈已經點着了；寒風加緊地吹，把細微的雨點，凝成了晶瑩的六瓣雪花，紛紛飄落下來。

南下的火車已經售票了，我把行李囑託一位鐵路警察照看着，爭擠着打了車票，隨後又把行李掛了牌子。踟躕於月台之上等候車來，襪鞋已全爲泥水濕透了；雪花仍不住地繽紛飛落，寒風嗚嗚，襲人欲慄。旅客們都亂忙忙地招呼同伴，搬運行李，我只覺孤另另地心頭有種莫名的淒酸。直到八鐘一刻車才到站了。

京漢車到底擁擠得利害，車廂中被站着的乘客和堆積的行李充塞得毫無空隙，我僅能在車門外得個立脚的地方，幸喜不曾把行李隨身帶着車開後雪雨雖止了，但嚴厲的冷風刮得煞是起勁，加以火車迅急地飛行，風勢覺得更大；我又僅只穿了件空心棉袍，只凍得索索抖戰。過新鄭後，才在車內得着半席櫈角，休息我麻木僵硬的雙腿。

夜中，車聲軋軋地前進，旅客們有的伏在行李上呼呼酣睡，有的交頭接耳喁喁輕談，有的吸着煙捲把眼光向同車的人們來回地瞅着；車中充滿了炭酸和雪茄混合的氣味，沉悶得連呼吸都覺吃力。我形單影隻地呆坐着，不知不覺，千頭萬緒的思潮掀起了：中途輟學的痛苦，愛友別離的悲哀，過去的失望，前途的渺茫，⋯⋯一起一伏地盤踞在我紛糅錯雜的腦海。我悔恨當初不該讀書；作一個無知無識的農夫，數畝薄田，自耕自食，朝暮承歡於老母膝前，飽享自然風景與天倫樂趣，是多麼優游自在？不上學既不耗費，又可在農作上從事生產，家中也不至像現在這般債台高築，哪能會有此刻這種種的內心痛苦呢？但我卽刻又覺得那是太消極了；而且，在我們這混亂紛擾的中國，就想做老實百姓，怕也不容易吧？後來，自己安慰自己，想到以後家中再不用典質借貸地供給我學費了，在郵局每月又可賺二十八元的薪金，老母弱妹，可以過較安適的生活了；負債也可以慢慢地償清；雖然脫離了學校，自己還可以半工半讀，也不慮無錢買書了。……心裏似乎稍安靜一點。

今晨六時，天纔微微發亮，還是陰霾霾地烏雲重疊；站役高嚷着「駐馬店下車！」我從昏沉中驚醒過來，方知已到目的地了。下車後在一家小客店稍事休息，就叫店伙為我僱了個苦力揹着行李，領我來這裏報到任事。據說此地已連陰半月了，滿街都是泥漿；我如臨大敵似地，心頭怔忡着，忐忑着，跟隨那苦力靠檐下緩緩地走，穿過幾條小巷，不一刻便到這郵局污穢的門前了。

當我踏進這局門的時候，便看見左首一間黑魆魆的小屋內，地上滿舖着麥草，橫七豎八地躺着幾個和衣而臥的襤褸郵差；院中亂堆着許多裝得臃腫的帆布郵袋和龐大蠢笨的籐筐，一個着藍色制服的信差，持着一支鉛筆和一本簿子，狠張忙地似乎在核對清查筐袋的數目。這種種紛亂雜遝的現象，使我起一種似厭惡似憂恐的情緒，覺得我是墮入另一個世界了！因爲還不到七點鐘，又加是陰雨天氣，局長和辦事人員都還沒起來；那藍衣信差問明了我底來歷，引我到三間湫隘陰暗的房中休息等候着。據說那屋中是「包裹處」，滿屋堆積着更多的郵袋；西間地上，更有許多零件的包裹之類亂堆着；東間靠窗的辦事桌上，零亂地放着些紙筆和郵局特用的墨油盤，日戳，橡皮墊等物；桌左首墻上掛一張滿積塵垢的郵政地圖，右首是一個分成許多方斗的木架，中置許多不知名的單冊。那信差告訴我他姓袁，他底職務是投送快信並帮辦包裹處。他告訴我這局中人少事多，公事麻煩極了，又說他每天早四點便要起來接火車，一直到下午一點才能休息一個鐘頭，以後便直到十一點才能睡覺。他底話句句沉着地觸進我底耳鼓，微妙地激盪我底心湖，我只靜默默昏沉沉地聽着，心頭充滿了莫名的悵惘，莫名的苦悶。

「十三件，二十八袋，五筐！」一個口操京音的局員高嚷着進來，打斷了袁信差底談話；他又把手中幾個不知裝些什麼的黃色信封往桌上砰然一丟，說道，「老田，簽字！——現在還睡呀！」接着東首套間裏有人半睡不醒地呵了一聲，又勉強提高了聲音說，「唔！先放那兒吧。——眞不得了！昨天夜裏封包裹到下雨點才睡覺。」說畢又是一聲帶着哈欠的悶倦的咳嘆，床聲吱嚼了幾下，大概又睡去了。經了袁信差底介紹，我知道那北京人姓金，是管什麽「封發處」的；裏邊睡着的田先生便是包裹處的管理員。那姓金的和我應酬了兩句，說聲「回見」，又張忙地回對過的房中去了。這情形使我益信局中事務的煩忙，心頭似乎更壓重了些。

不耐煩地久候着，身上覺得非常疲倦，忽聽院中有人說局長起來了，我便打起精神，由袁信差引導着去見他。在衆目集射中，我像童養媳初見公婆似地，侷促着把開封總局所發的公函交與他，期期艾艾地回答他底問話。最後他客氣了兩句，叫我今天暫且隨便帮大家做事，明天才正式辦公。——現在，我已經算作了一天郵局局員了。

這是我踏進這齷齪社會的第一天，我底感官，對於週遭接觸的一切，都覺得異樣，我只能用說不出三字來形容；以後再細談罷。現在要告訴你的是，今天我曾感到一種從未有過的愉快，因爲想到這是第一天用自己的力量換來飯吃；但同時又感到一種微妙的痛苦，因爲這地方在我底眼中，已現出了惡魔的暗影，在向我作獰笑。薇弟！看我怎樣向前掙扎吧，我也並不畏怯。我這次半途廢學投身到社會上來，你知道的，是爲了經濟和環境的種種壓迫；如果可能，將來我還是要繼續求學，去幹我們所要幹的事業的；卽令受些痛苦，也是實地的人生經驗。望你好生努力！

下午六時，接到你轉寄來的家信，母親說：「……涵兒，書是讀不起了，有什麼法子呢？難爲你十八歲的孩子，能考取了郵務，我以後也可吃碗安頓飯了。也不枉我爲你辛苦一世。以後辦事要小心，身體要好自保重，……」我讀時不禁掉下幾滴酸淚來。兩年未見的慈母，只嘆喜孩子有了能耐了，哪知我心頭的萬千苦痛呵！

在學校時，我們常常詛咒社會的不平，黑暗，但平平安安地讀書求學，究還沒感到牠直接給與我們個人的顯著的影響，現在我深深地感到了！我覺得這社會根本就不是人類應有的社會；我相信在眞正的人類社會中，無論何人，只要他願意，都可以受高深的教育，求高深的學問；可是現在，我一個熱烈地需要求學的青年，爲了什麼金錢的關係，竟不能在學校讀書並且被逼着來作這不適宜的工作了！金錢！金錢是一種什麼東西？在校中我比任何人都節儉，比任何人都吃苦，爲什麼那些花花公子倒不因浪費而輟學？父兄的供給？他們那些政客官僚父兄底錢是從那裏弄得來的！我底父親在中華民國光復時犧牲於革命隊裏，我底母親自父親死後，含辛茹苦地把我從六歲撫育到現在，他們對國家對社會都有無上的功勳，爲什麼他們底孩子倒連求學的權利都要被社會剝奪去？總而言之，薇弟！這萬惡爛污的社會，應是我們攻擊毀滅的對象，我們要向我們在校所定的目標努力，去實現我們理想的世界。

昨夜在車上澈夜未眠，現在覺得困乏極了，不再多寫了罷。薇弟？此時想你已下罷自習課了，你正想念着我吧？

秋涵十二，三，十六，夜十時

第二信

薇弟！

到此兩旬以來，我疲頓的腦海中不知受了多少刺激，生了多少變化！我是在過着痛苦麻木的生活，我所期望的半工半讀的計劃，已成了鏡花水月了！兩信皆收到；你叫我詳細告訴你我底工作與生活的情狀，眞是一言難盡！我已從一個生龍活虎般的青年，一變而爲一個機械的奴隸了！只就工作時間說，從早七時到夜十時，差不多沒半點閑暇，甚至連吃飯都無定時，而且每飯都是生吞硬嚥地塡下肚裏，丟下碗箸便卽刻又要繼續這木死的工作。因爲一切手續都不諳習，更覺特別忙碌，所以一直躭延到現在，才在暗淡的油燈下，振作起疲乏的精神答復你。

這駐馬店郵局在河南，據說是個出名煩忙棘手的局子，因爲辦事人不多而局務則麻煩得利害。往東經汝寧，沈邱，以至安徽潁上一帶，往西經泌陽，南陽，以至陝西商南一帶，以及附近各小車站的郵件，都經由此處轉寄。我管的部分叫「掛號處」，專管掛號郵件，更是這局中最麻煩的部分。

我底工作情形大概是這樣：在我這張長五尺寬三尺的辦事桌上，滿排着七八十本印就格式的冊子，叫做「掛單」；(Registered Letter Bill)每本上都標着一個地名，如北京，上海，徐州，漢口……。背後的桌上還有十幾本，是往東西兩路——旱班——去的。所有本局收寄和外局發來轉寄的掛號郵件，得一件件地先分別路綫夾入應發地方的「掛單」裏，然後在印就的空格中，逐件塡寫牠底掛號號數，由何處寄，收件人姓名，寄往何處等等。每天至少七八百過往郵件，每件需寫十餘字，固然是鉛筆草書，已儘夠使你腰酸背疼了。還有什麼封裝，核對，銷號，……等等，更要費許多麻煩機械的手續。除「掛號處」底事情以外，還要兼辦快信的發寄，雖不似掛號郵件那樣繁多，但又須分一番心力；其餘什麼「查單」啦，(Tracer)「驗據」啦，(Verification Certificate)「回執」啦，(Acknowledgment Returned) 更鬧得頭昏腦脹！——不多說了罷，我寫來也覺得頭疼！不細說明，你也莫明其妙，不知是些什麼東西！呵呵，這可詛咒的機械生活！

「薇弟！你當然知道的，我並不是希求安樂，更不是不能吃苦，我早覺得「不作工的不吃飯」是天經地義的眞理，不過——「薇弟！我做的這是什麼工作呵！據說在西洋最苦的苦工，一天也僅只規定作八小時的工作，其餘的時間可以娛樂，讀書；然而我底工作每天差不多有兩個八小時了！工餘的時間腰酸頭疼尙休息不過來，更那裏說得上讀書和娛樂！尤其使我想起便悲憤欲狂的，便是這萬惡社會剝奪了我應受的教育，壓迫着我拿宏富的精力來幹這麼牛的工作，斲喪我心靈的活潑，使我變成一架肉做的機器！

做這種煩重的毫無生趣的機械工作，已經使我像烈日下旅行於沙漠之中一樣，像在沸鼎中煎熬一樣；而最使我難堪的是還要受那些所謂「老八」的同事底揶揄！他們藐視我這新來的弱小者，處處以白眼加我，與我以輕侮的惡意。在他們之中，除了前函所訴的田君而外，其餘盡是些醉生夢死蛆蟲似的東西；和他們朝夕相處已够使人頭疼了，何況他們更敵視我欺侮我呢？

最可惡的是一個姓牛的郵務生！他是「滙兌處」的管理員，據說是同事中入局最早的，所以管理的是最清閑的部分。當我初來時，局長曾當面囑他，以後我遇有什麼手續不懂，要他隨時告訴我；現在，我不知受了他底多少悶氣了！他那黑醜的鬼臉，他那陰毒的鼠目，他那吃吃的佯笑，使我看見他便感到憎惡與不安。我每次低聲下氣地問他，從未得過他和易的答復；無論詢問他什麼，他總是怒視着你，聲色俱厲地說一句「不知道」！或者「你自己是幹什麼的！」薇弟，在這毫無人味的社會裏，所謂同情互助，都不過是好聽的名詞罷了，你所感到的只有冷酷，只有惡意！尤其是我們大部分的貴同胞，他們只知道互相忌妒，互相傾軋，互相殘害！同情？互助？他們根本不懂是什麼意義，他們更做夢也沒想過！

處這種殘酷冰冷的環境，做這種枯燥刻板的工作，我想只有沒思想沒情感的行屍走肉，或者能像牛曳磨一般沉靜地向前曳去；然而——我是個活跳跳熱血洶湧的青年，我底神經並不麻痺，我底思想並不遲鈍，薇弟！在這種狀況之下的我底生活，你可以想像是如何地……呵呵，我形容不出是什麼滋味了！「歷盡艱辛好作人，」我也很想拿這話來自慰自勵，但肉體上的痛苦容易忍受，這精神上的剝蝕，怎生受得！我很願即刻離開這魔窟，不過想到渺茫的前途，負債的家庭，衰耄的慈母，離開後又將如何呢？呵，……煎熬着，……煎熬着！……

辦公室的掛鐘已敲一下了，春夜的微風由窗隙吹入，殊感寒意。以後再談吧。

涵十二，四，八。

第三信

薇弟！

又許久沒給你信了。你累次來信誠摯體己地安慰我，雖然讀時不免更加難受，但每次接到你底來信，也實在感到莫大的慰安，像是痛苦流離於異鄉的漂泊者遇見了故人一樣。

現在一切手續都比較熟習了，既不用俯首下心地向別人請問，作事也迅捷許多；工作因局長尹君見我實在太吃苦，又分了些給旁人做，總算輕鬆些許。（聽說我管的這部分以前原有人幫辦，從我來後便滑脫了，可見這鬼蜮社會中何處不是險詐呵！）不過工作的多寡，只是肉體上的事情，我所最不能堪的乃是這使我靈魂枯焦的精神上的痛苦！假使叫我作一個與天眞爛漫的兒童爲友的小學教師，或者作一個馳驅疆場的革命戰士，就是無論怎樣勞苦，有內心的愉快調劑着，也是不會覺得苦痛的呀。

在苦悶到極度時，自殺兩字也會在我底腦際盤旋，但是我素來主張有血要痛痛快快地流，要拿牠換點代價，要用牠洗去些這社會上的污跡；自殺是太懦弱了。我極端反對自命覺悟的青年自殺，我要忍耐着奮鬥下去。不過——我惑疑，我做着這種木死的工作就算是與社會奮鬥嗎？慚愧喲！這不過是爲生活爲麵包而賣掉自己底靈魂罷了！我所想像的奮鬥是要用我們烈焰般的生命力和一切的罪惡搏戰，不是這樣無意義地使靈魂受罪呵！

近半月來差不多夜夜失眠。每天晚上，工作完畢以後，我揀一份晚車來的晨報，踽踽回到這湫隘而又潮濕的小屋內，靜靜地躺在床上，把正張草草看完後，再細細咀嚼副刊，——這算是我一天中有自我靈魂的時候，因為在白天我不過是一架肉機器罷了。有時報看完了，極力想逃入睡鄉休息休息整天的疲乏，但翻來覆去，腦子裏思潮起伏，哪裏能睡得着呢？想，想，想到血腥肉臭的社會，想到千創百孔的國體，想到革命，想到流血，想到死；最後又想到故鄉，故鄉的慈母，慈母的愛，……思緒糾紛着，幻景顯現着，直到街上的柝聲已敲四下，前面郵差和鄰房同事底呼聲震耳，那時或者腦汁已暫時涸竭了，方纔朦朧睡去。

記不清是那天夜裏了：無論如何不能成寐，心躁如焚，遍體發燒得像一爐炭火，呼吸時肺部像壓着沉重的大石，腦腔脹疼得像要破裂，——我真不能再忍受了！我發瘋似地披衣起來，赤脚拖鞋，喚醒了雜役老陳，叫他把大門打開讓我出去。

『這時候了，黃先生，還往哪兒去？』他睡眼惺忪地看着我問。『用你管！』我滿腔的煎苦與忿怒無處發洩，毫無道理地大聲斥叱他。他見我生氣，反而微笑着端燈把門開了。

暮春的夜的微風，吹得我如釋千斤重負；身上的熱度似乎退了，心裏也清醒許多，只有兩頰和雙手還火團般滾熱。胸部在床上咆哮時抓破了，這時被衣服磨擦着，微覺痛疼。我漫無目的地飛步亂跑，也不知經過了些什麼地方，模模糊糊地跑上了寨墻。我仰天用力呼吸涼爽的夜氣，緊握着雙拳，在胸前侈侈地捶擊着，更大聲地呼嘯了幾下。心神稍稍平靜以後，我決計乘着朦朧的月光往野外去作一次痛快的夜遊，藉以消除我心頭鬱積的苦悶。

我繞出寨外，順着鐵道漫步南行，抬頭是滿天繁星，伴着一彎下弦的眉月，點綴在蒼茫無限的太空；遍地都是麥田，近前的可以隱約看出蒼綠的麥苗，漸遠漸變，成一片黝黑。大概是我的神經起了變態吧，那夜的星眞是美麗極了火紅的蒼綠的金黃的絳紫的，——我從未見過那樣美麗的星們！遠處的村莊和樹木，在淡淡的月光下掩映着，似煙似霧，更帶着一種描寫不出的神秘幽靜的情調，夜色像嬰兒底嫩唇憨笑般使人陶醉，微風像少女底素手撫摩般使人舒適。大千世界，萬籟俱寂。偶有一兩聲村犬遙吠，輕輕杳杳地傳進我底耳鼓，清脆超俗，使我覺得那討厭的畜生也似乎有些可愛了。——呵呵，那無上神美的夜之樂園，夜之天國喲！

我吸飲着醇醪般的空氣，鑒賞着詩畫般的夜景，優然緩步，飄飄欲仙；後來走到一個距車站數里的小河邊，兩腿有些微酸軟，我不願再往前進了。我臨風靜立在鐵橋上，覺得我是世界上惟一的存在者，我便是上帝，便是宇宙底眞宰。我欣視着天上的星，水中的星，天上的月，水中的月；諦聽着琤瑽的水聲，像爲我奏着人間所無的九天韶樂。呵呵，那偉大的自然把我底心陶融得比河水還平靜，煩惱，痛苦，一切的一切我都忘記了。大概是長久幽錮的靈魂一旦得到眞正自由的快樂使然吧，我忽然覺得要唱歌，於是我走下了鐵橋，在河岸上引吭高歌起來。唱了岳武穆悲壯的「莫等閒白了少年頭」的滿江紅，唱了李後主優柔的「流水落花春去也」的浪淘沙，我把所記得的愛唱的歌曲都唱遍了。——假使村中有人聽見，他們怕要說是鬼哭吧。——我跳着唱着，跳得累了，唱得累了，就在岸傍麥田裏躺下低吟着休息。

不知是燐火還是燈光，在遙遙的東南方，我看見一星綠火。這使我想到：順着那方向幾百里以外，便有兩城對峙，中夾一流潢水，那便是我親愛的故鄉。由故鄉又想到母親，想到妹妹，不知她們那時是否安睡，或者正話念着她們底愛兒愛兒。因爲思想的集中，使我恢復了心理的常態，我無力再跳下去唱下去，於是頹然倒睡在麥田中淒迷悵惘地，沉思着。

忽然，四圍都黑暗起來，原來是烏雲把月光掩蔽了。土坵樹影，黑魆魆地有如鬼物；我幽美的幻覺完全消失了。麥苗本是很潤濕的，加以侵曉的涼風吹得很緊，使我覺得冷氣森森砭人肌骨。我於是懶懶地站起身來，不知不覺地又向這繁囂的車站走回來；當我走到這汚穢的地獄門前，已經是晨光熹微的時候了。——呃！呃！我爲什麼要回來，要回到這剝蝕我靈魂的魔窟來喲！

不知怎的，近來食量也小極了；吃飯時味如嚼蠟，一天所進的食物，怕還沒在學校時的一頓多。今天偶然對鏡自照，見面黃如紙，雙目凹陷，顴骨高聳，自己也覺得驚愕。薇弟，假使你現在看見我，怕不敢認這是別後月餘的涵哥了吧。呵呵！像這樣煎熬下去，恐怕不到民國十二年的終了，我就要離開這齷齪的世界！——那是太不值得了！那是太不值得了！我是要留着這軀殼同牠搏戰的！眞到萬分不能忍的時候，我一定要離開這魔窟，任他前途是怎樣渺茫！怎樣黑暗！就是死，我願死在慈母底懷裏，把這副皮囊葬在瀆水畔的故鄉，或者漂泊天涯尋求我底生命，到生不下去的時候，找一個痛快的死所；我不願在這魔窟裏一天天地銷磨我底脂膏，斲喪我底靈魂，直到咽最後一口氣！——不過，親愛的薇弟，使我牽腸掛肚不能遽去的還是因爲怕爲我操勞一世年近六旬的慈母過於爲家計憂心呵！……我再寫不下去了！

涵十二，四，三十，鷄鳴時。

第四信

薇弟如握：

月餘不接我片紙支字，怕你底額子也望長了吧？來信說，「涵哥，我很不放心，你不是病了吧？怎麽連去幾信不答復我呢？……」薇弟！你猜得果然不差，我確是病了；不但病，我差不多還觸過了死神底衣袖。眞沒想到，在今天，薇弟，還能給你寫這封信！

自從那次夜遊以後，——記得前函曾告訴你過——我精神一天萎靡一天，腦子常常昏眩，肺部在工作時常覺微痛，但依然要掙扎着作事；直到五月十二日，我這架肉機器是再沒有動轉的機能了！梅雨連綿，郵差們常常誤班，十一日南陽一帶的郵件未到，所以那天便到了「雙班。」郵袋是滿爲雨水淋透了，因爲郵差沒有把油布帶着。平常信件都泡漲得稀糟，大半都破爛模糊得無法寄遞了，掛號郵件雖保護得週密一點，用有粗紙或小布袋包裝着，但也一樣完全濕透了。既是雙班，郵件又是濕的，遇到有破口或裂縫時，便得報知局長眼同驗看，還要發「驗據」通知原寄局，因爲掛號郵件是有很大關係的；——所以那天要比尋常加三倍地忙碌。從下午一點到七點，不抬頭不停手地拚命幹，僅只大體清理出頭緒來。然而，肉機器是太運用得劇烈了；當我由公事房出來往外去吃飯的時候，忽覺天旋地轉，心地模糊，吐了一大口鮮血以後，便暈昏過去，不省人事了！

夜間甦醒過來，似乎覺得身體在床上躺着；渾身酸疼欲碎，心中痛苦萬分，我忍不住，喊了一聲「娘呵！」便彷彿聽見有人說道，「不要緊了，不要緊了，黃先生會說話了！」我睜開眼來，看見陰森森的小屋裏，殘燈如豆，那忠厚的雜役老陳，面上呈着嚴肅而哀憫的表情，靜立在我底床前。『黃先生現在覺得心裏怎樣？喝水不？』他又誠摯地看着我底面孔，溫柔地問。我搖搖頭表示不要之後，不知不覺地從內心裏衝出一股熱淚；他也雙目潤滋滋地，映着燈光發亮。呵呵，那時我底心中是如何深沉地感激他呵！——這情景不是畫家最好的取材嗎？

老陳去把局長尹君請了出來，接着同事田君也來了。尹君是個不到四十歲矮小精幹而很和善的人，他一向對我的情感就很不錯，平時見我那般苦惱着，常常用溫和的言語勸慰我。記得我患病的前一天，他還勸我說，『年青人初到社會上做事，自然有許多不舒暢的地方，慣了也就好了。郵局的事情雖乾燥痛苦，過兩年能考升了郵務員，或調到清閑的地方，自然不至像現在了，你何必那樣終天苦悶着呢？唉，好生保重身體呵！你不見你一天天地消瘦嗎？』在苦悶欲死的時候，經他這種懇切的勸告，也委實給我不少的慰安，雖然我並不希望考升什麼郵務員！

『Mr.黃，這是醫生留下的藥，叫你醒來吃的。——現在不覺怎樣難受吧？』尹君指揮着老陳把藥用開水冲和了，親自端放在我床頭的小桌上，這樣輕輕地說。我只能用目光向他表示感謝，因為很難說出話來。老陳扶我起來把藥水喝了幾口，心裏似乎寧靜清楚了許多。

『局長田君，請……請睡吧。我……我不要緊的。』——老陳也去睡。

』過了一刻，我沒絲毫氣力地格磔着向他們說。

『不要緊，不要緊，天早哩。你服了藥心裏覺得好些吧？醫生說，你底病很——唉，不要緊，靜養幾天就會好的。我已替你向總局請了假，你底公事暫且叫大家帮着辦，不必擔心。好生安睡，不要心裏亂想，難受，那與你底病很不相宜。——老陳！睡醒動點，怕黃先生夜裏要水。』尹君見我淸醒了過來，安慰了一番，回後宅去了。

從那夜起，我開始了傷心的病苦生活。薇弟，舉目無親的我，二十天以來呻吟病榻之上，把生死本已置之度外；不過，想到假使眞就此死去，那是一齣多麼悽慘傷心的悲劇！老母弱妹得着我底噩耗將如何地搶地呼天，慟哭昏絕！她們底前途將如何地零丁孤苦，無依無靠！……我不禁伏枕啜泣了！六天前我還未能起床的時候，接到了一封母親底親筆信，——以前多半是妹妹代寫——現在抄給你看看她是怎樣深摯細密地愛我，又是怎樣提心吊膽地懸念着她惟一的愛兒。

「涵兒覽。又二十幾天不見你來信了，我很不放心。你每次來信，雖然總是說身體强健，叫我不要掛念，但每讀你信中的言辭，總覺得常是流露着憂鬱的神氣。你底字也覺枯燥燥地，不像在學校時寫得那樣潤澤了。涵兒！我怕你辦事總很受苦吧！你底身體不像你所說的强健吧？唉！可憐的孩子，媽是怎樣地天天操着你底心呵！又這麼許久不接你信，你是怎樣了呢，孩子？昨天夜裏，我做了個不好的夢，夢見我正在堂屋裏紡花，你芸妹從外面吆喝着說涵哥回來了；我見你牽着芸兒走進來，兒呵！你簡直瘦得不成樣子了！我還沒站起，你就撲到我底懷裏，抱着我底手，仰頭看着我微笑。你頭髮亂蓬蓬地蓄得那樣長法，你臉是那樣慘白，連嘴唇都沒有血色；我撫摩着你渾身僅落一把乾骨頭了！我緊緊地抱住你哭了，你也哭了，芸兒也伏在我肩上哭了。後來，芸兒聽見了我夢中的哭聲，把我喚醒，枕上還有濕濕的眼淚。兒呵！你現在身體究竟如何呢？快快寫信給我！有近來照的像片，也寄一張來。天氣又熱了，你底心裏難過病沒發吧？爲母親的凭大年紀了，你務要好生保重呵！我和你芸妹身體都好，不要掛念。收此信後速速寫信來！

母諭 五月廿四號

薇弟！我讀罷這信是如何地如何地難受呵！我恨不能即刻飛到故鄉，去安慰與我相依爲命的慈母，我只有心酸落淚！直到前天，可以勉強伏枕寫字了，才寫了封信回。我說我近來身體很好，請她老人家不要懷念；我又說這一向公事比較忙，所以沒顧得寫信，不過並不怎樣吃苦；我又把去年暑假在開封照的像片從臺紙上揭下附寄了回去，說是接到來信現照的，因爲像片洗不出來，所以遲了幾天才覆信。呵呵，惟一至愛的母親呵！你底孩子是欺騙了你了！——但是，薇弟，倘若把眞情告訴了她，那不是要撕碎慈母底心嗎？

在悽愴病苦的境況中，局長尹君夫婦對我的好意，是我萬分感激而且要永遠銘記心頭的。我一切的醫藥等事，都是尹君費心使人料理。他常來我底病室用溫言安慰我，說我病勢很重，要得安心養息，不可再胡思亂想，自己苦惱自己，以致加病。他勸我要爲自己底前途作想，爲家庭作想，好自珍養，並允許我病好以後，把我調開掛號處，另派我管理其他較輕鬆點的事情。他說我激烈的皮氣是致病的根源，勸我以後要遇事耐處，不要自尋苦惱，斲喪自己底身體。尹夫人更常常叫老陳送湯送水的，有時還親自來看我，說許多作客異鄉無人照顧，處處得自己珍重等熱腸的撫慰話。——他們對我眞算愛護過至了。薇弟，不想在這人心鬼蜮，豺狼橫行的社會中，我居然感受了這樣純潔眞摯的「人底愛」，眞鼓起我不少的勇氣來。

現仍每日服藥水二次，病已大體痊可，惟精神稍差了。請勿懸念。

涵十二，六，三，倚枕三次書竟。

第五信

薇弟！

三日寄你一信，想已收到。從八日起我又開始工作了，不過又換了花樣，因爲尹君果然把我和那位姓牛的東西互調了。我現在在管理滙兌處，每日辦公時間只是上八時到下六時，雖然還有許多雜事，較以前管的掛號處到底輕鬆得多了。

我這次九死一生的病，居然又復起了，在他人看來，一定覺得是很可慶幸的，但我自己並不很覺得生是怎樣可貴。不過爲老母和家庭作想，還是沒死的好；而且留着這微軀，將來對於這社會，或者也能盡毫末的人底使命？病後的心情，似乎寧靜些樣，或者是工作減少了的環境關係吧。我以前以爲我們作事，若是我們感興趣喜歡作或志願作的，無論牠是怎樣煩重辛苦，因爲有精神上的愉快調劑着，也就不覺得痛苦了；反之，像做這樣枯燥機械的工作，不管輕重，都要感受同樣的痛苦的。現在我知道這機械工作的本身固然是我痛苦的眞因，但前此的工作如果輕些，感受痛苦的激刺也許弱些，或者也不至釀成這次的重病。至於喜歡做志願做的事情卽令煩苦也不會覺得，不知事實上是不是那樣；我希望有一天能夠在毀滅這萬惡社會的戰場上日夜馳驅，實證我底意見是對的。

這次重病，雖是煩惱痛苦的環境激得我蓬勃的心火燃燒着，把不健實的身體煎得疲癥了，究也因我性情太急躁，自己戕賊過甚；想到我是老母惟一的生命之寄託，又自命是覺悟的青年，不禁自己責罵自己太不知體貼親心幷尊重自己對於社會的使命了，加以尹君誠懇的勸誡，更覺自己實在過於放縱感情，過於任性。好，我以後要改掉暴躁的皮氣，並要爲慈母爲社會而珍惜我底身體。

近來的生活，雖較病前那樣煎熬着判然不同，但是意識裏蘊藏的對於這工所生的煩悶與痛苦，有時依然衝發出來，經過半天的抑制，纔能安靜下去。前幾天非常想回里一覲，但因已請了二十多天的病假，病好了又要回家，自己也不好向尹君啟齒；而且郵局對於新進人員，向例是不給假的，病假已經是尹君格外幫忙了。昨日接母親信，她說接到我底像片，見我面容並不怎樣瘦，心裏很慰安；所以我也就把歸念打銷了。唉！——她怎知她底愛兒會欺騙她呢！

病起後身體十分虛弱，醫生勸我服人乳，每月兩元的代價，日可得一大杯；服了半月，現身體覺漸漸強硬。不過味太腥，很不願意喝牠；同時又想到不知誰家小兒底食物被我掠奪了，飲用時似乎有種微妙的懈愳和悵惘縈繞心際。寄來創造週報和東方雜誌，皆已收到，勿念。這次整兵再戰，敵陣雖覺弛緩些，不知前途能否不致再受劇創！

秋涵十二，六，一三。

第六信

微弟！

又三星期沒給你寫信了。我近來的生活頗寧靜；不過這種寧靜，只是强制地不往痛苦上着想，並不是自自然然的內心的安適。換句話說：我是在過一種自己哄自己，竭力避免精神上痛苦的虛僞凡庸的生活。這種情形怕也不能保持多長時候的。日前尹局長又被調往他處去了，於我可說是去了個良師益友，我表面平靜的生活，又經一番波動，惘然如有所失；在這社會上想找一個他那樣的好人，怕眞是鳳毛麟角呵！新局長姓王，福建人，很像個臭官僚樣子。

以前只是在煩惱苦悶中討生活，對於所接觸的事物，都不曾仔細觀察；近來感覺似乎敏銳起來了，周遭的一切，都足以打動我底心情，——不，是我有意地去注意他們。那是我分散思想避免痛苦的法子。（思想眞是痛苦的根苗呵！）你願聽我所見聞的故事嗎？現在先談談我設身處地的，國人稱爲辦理最完美的郵政事業。

沒寫以前，我暴烈的火性又有些把持不住了！

郵政組織和行政大概是這樣：北京設一個郵政總辦，統轄全國的郵政事務；雖說隸屬於交通部，但一切職權完全操於這位洋總辦老爺之手，交通部簡直問不着！以下，分每省爲一郵區，（也有一省分兩區的，如東西川。）設一總局，一郵務長，管理全省的郵務。全國二十幾個郵區的郵務長，據尹君說，除掉兩個中國人，也盡是洋老爺們！（其餘高級人員也多半是外國人。）郵務長以下，有什麼郵務官，郵務員，郵務生，揀信生，以至信差，聽差，雜差，郵差等等。在「官」「員」「生」之中，又有什麼「超」「一」「二」「三」四等，每等又分三級。

這種階級森嚴的鬼制度，或者就是大家說郵政辦得好的一種原因吧？

郵局人員底薪金制度和差別，眞是奇特得令人驚異：自郵務員以上，都是按海關銀兩計算，郵務長和郵務官，月薪都是幾百兩以至千餘兩，就是低級的郵務員，最少一月也可以拿到四十兩。不知爲什麼，自郵務生以下便都按銀元計算了。郵務生月薪廿八元，揀信生十四元，信差九元，那些像牛馬般累死累活的雜差郵差們，一月僅能賺八塊錢，還要扣五毛做「押款！」加薪的辦法，更加使人切齒了！「長」和「官」等每加都是幾十兩幾十兩，他們心目中視爲下等人的差役們哩，揮了整年的血汗，辦事還不要有一點錯處，纔能加上五毛大洋！郵務員以上的人員，除了每月有種種特別名義的津貼，年終更有什麼養老金啦，防後金啦，成千成百的大洋往腰裏裝；至於下級人員底所謂年底雙薪，不過是他們吃得腦滿腸肥了，從牙縫中剔出些骨屑來利誘這些牛馬們多賣點苦力氣，不要心存非分！呵，沒入郵局以前，我不知社會上會有這樣可詛咒的複雜階級，更沒想到一個機關的人員，——郵差也是人吧！—

——他們工作的報酬，能相差幾十倍以至幾百倍！呵呵，這鬼魅的社會！這混蛋的郵局！

有些人說學問才識高的人工作報酬率也應當高，在我已經覺得是一種謬論了；但郵局中那些月拿幾百元幾千元的人們，他們有什麼學問才識！他們底學識不但不見得比郵務生揀信生高到哪裏去，怕不如他們的儘有儘有。就連那些奴性的中國人視爲神聖的洋老爺們，也不過是些敎徒和流氓，想在中國發一注小財好回去享樂幾年，哪有什麼學識！

經濟的享受既有如此的差別，論起工作，他們高級人員所做的只是些行政管理方面的清閑事情，煩重爲機械的主要工作，盡都是郵務生以下的人員替他們做！前天，這裏來了個姓謝的巡員，(inspector)除了見他和胖得像猪似的新局長出去逛了兩天外，沒見他作半文錢的事情。他們出去當然離不了打牌，吃酒，逛窰子！——想起我們一滴血一滴汗地掙命來維持這班蛆蟲似的東西們享樂，我又不禁痛恨切齒氣憤塡膺了！

還有一件我百思莫得其解的奇事，便是所謂「洋員」所享的特別權利。他們可以直接被任爲高級人員，不像我們華人須經考試錄取，入局後得一步一步地升。同等同級的人員，他們底薪金要比華人多十分之二三，我眞想不出是什麼道理來！他們有的服務幾年之後，要回國樂一年，不但得給他全年的薪金，還有什麼旅費啦，這費那費啦，務要滿載而歸。中國郵政權還沒有訂條約送給外人吧，不知爲什麼這樣信任洋老爺們，讓他們把持了二十餘年，到如今還不收回自己辦！難道現在中國人還連辦郵政的知識也沒有嗎？呵，中國窮了，洋老爺們富了！

郵局中最可憐的要算郵差了，在這赤日炎炎的火熱天氣，他們挑着八九十磅重的郵件，一日夜要走二百里的路程，稍一延誤，還要受罰款的處分；但每月七塊半錢的薪水，在這米珠薪桂的時候，已經連維持他們個人底生活也不充足呀！他們如再有妻子兒女呢？——幸而他們多半是單身窮漢。寫到這裏，我忽想起一個叫黃得元的郵差底故事來。

他是個蠢笨而老實的大漢；據他底夥伴們說，他是他們中食量最大的，每頓要吃飽的話，要得三碗麵條還得饅頭二斤。因爲他很少吃飽過，所以常常「誤班。」關於塡寫單册呈報郵差誤班的事情，是歸封發處那位姓金的揀信生辦理，他是個狡猾的北京人，每月十五元的薪金，一個老婆和兩個孩子都賴他養活，在拮据的生活之下，他總想着敲詐旁的同事以至可憐的郵差們。郵差們誤班了，他底條件是給他買一盒烟捲，便可以塡上不誤；但是，黃郵差連飯都沒得飽吃，哪有錢給這位先生買烟捲呢？他沒幹兩月便另尋生命之路去了。罰款到有好幾元，還是局長尹君給墊出的。郵差們在這重重壓迫的生活之掙扎中，庸愚的便隱忍着吃盡人間的辛苦，狡黠的便作出種種不法的事情來，像爲人私運藥丸鴉片等事。呵！這不是這鬼魅社會虐待勞働者逼出的罪惡嗎！

國人都說郵界是中國最清白的機關，不知牠內幕裏黑暗，揭穿了怕和齷齪的政學各界，都是一邱之貉。據說，開封總局有個姓鹿的郵務官，因爲善拍洋郵務長的馬屁，所以紅得了不得。凡局中月薪四十元以上的人員每星期都要被招往他家去賭博一次，不應命就要遇事想法子擺佈你；郵務生想考升郵務員的，不把他賄賂好，關節打通，是決無希望的，不管你學問怎樣。於是一班無恥的蛆蟲們，請他聽戲啦，吃花酒啦，是極尋常的事情；甚至說還有認他做乾爹的！呵，中國人！中國人！寫至此我希望把郵政收回自辦的心，又自相矛盾地冷然消去了！

拉拉雜雜地寫了這許多，不知你讀時作何感想。在我們這病入膏肓的中國，什麼事不是包膿裹血烏煙瘴氣呵！

想已放暑假了，你何時旋里，望先函告我，好赴車站等候一晤。

涵十二，七，五。

第七信

寶薇弟！

接二十四日書，知已平安抵里；父母兄弟，歡聚一堂，樂何如之！勞你炎熱中跑到鄉下去看家母，我也不說感謝的話了；遙想你回里享天倫之樂，又計算我和慈母愛妹已整整地隔別了兩年，心裏十分難受。舊曆年底，我定要想法子請假回去一趟。

記得去年暑假，你我和梧波直卿，大家都留在校中沒回去；我們同住在二齋第十五室，每天除讀書外，談天，辯論，打球，下棋，是如何地快樂！有時當月明人靜的清夜，我們悄悄地跑到沉寂幽秘的操場去，你和直卿吹着清婉的洞簫，我和梧波輕輕地唱歌和着，那又是多麼使人欣然陶醉的情境？現在，我已成了個桎梏加身的獄囚了！唉，往事不堪回首！

提起月夜來，我又想起那永遠鐫記在我心頭的一夜了：你還記得吧，去年中秋節的晚餐後，一輪皓月已上樹稍，除了少數同學在校園和操場散步外，多半都三三五五地出去消遣行樂，尋親訪友去了。宿舍裏靜默默地沒半點聲息。我們倆携着手走出了校門，向校左傍的荒湖坡漫然行去；你活潑地談着兒時過中秋的趣事，我只低頭不語。忽然你抬頭凝視着我說：『涵哥，兩天來你怎麼像很憂鬱的樣子呢，心裏有什麼事情嗎？』我悽愴地回看你一眼，沒有答話；你也沒再問下去。過了片刻，你又指着那巍然孤聳的鐵塔說：『到那裏玩玩去吧？矗入霄漢的高塔，伴着明月下的塔影，一定很有趣。』我依然無言，隨你携着手走去。

在鐵塔下廻繞着蹀躞了半晌，又拜訪了銅佛寺裏的大銅佛，遠遠地聽見有笑語嘈雜聲傳來，想是又有其他的同學來了，孤僻的性情使我們離開了那裏，由小徑向東走，最後我們跑上了城牆。蒼茫的太空淨無點雲；平時稠密地佈滿天宇的繁星，多被明月的光輝掩蔽了，只有疎星八九，拱衞着晶瑩皓潔的月后。我們互相偎倚着靜立於一座小炮臺上，鑑賞那偉大的自然之眞美；遙望城外的鄉野，披着神秘靜淡的銀紗，隱隱約約地煙霧繚繞，像是夢中的純美世界；城內的房屋街市，映着月光，也如銀粧玉琢；街上螢火般的稀疎的電燈，更覺淡遠，使我們忘却了那是風沙漠漠的汴梁。

對着那種幽美清寂的境地，更勾起了我心頭的悲哀，我仍然是黯然沉默着。低吟了「今夜一輪滿，清光何處無」兩句以後，你又開始講話了。你說，『還記得麼，暑假中一天下午，我們同直卿梧波幾個從這裏跳下城去，——那時城牆下的沙土堆得更高些，離城梁口還不到三尺；

——在一家瓜園裏，十六個子兒買了個很大的西瓜，晚上拿回去一頓吃完了，後來落得肚子疼；直卿還下了幾天痢哩！……』你說着笑了，我也報你以勉强的微笑。微弟，現在猜測你那時的心理，大概是特意地想出這段話來，用以排解我底憂鬱吧？

經過你幾次的慰問和追詢，我把憂鬱的原因告訴你了：我告訴你幾天前接到的那封家信是我憂悶的種子；我告訴你家中因秋收饑歉，生活艱困，外債累累，無法應付，種種窘苦的情狀；我告訴你我求學的費用一半是由在武昌作事的舅舅接濟，現在舅舅底事情又脫去了；我告訴你寒假後我是再沒有上學的希望了，不知前途是怎樣不幸；最後我告訴你使我萬分難受的是，數月以後，便是六載同學三載同居比兄弟還要親愛的你我生離死別的時候！——你雙手緊握着我底右手，頭斜倚着我底右肩，彼此抖顫着作無聲的啜泣；你底熱淚濕透了我底制服和汗衫，我底熱淚滴落在你蓬亂的髮上。呵，那人間眞摯純潔神聖之友愛底一幕呵！現在稍一瞑目尋思，那情景依然活現在我底眼前。傷心的往事，寫來不禁淚下，字蹟也沾得模糊了；怕也要惹出你幾滴酸淚來。

關於我近日生活的情狀，因爲今天夜裏很涼爽，又不覺疲乏，我把近幾天的日記抄寄你，你可以知道得更詳細一點。我近來的心境，又似乎不能保持半月前那樣虛僞的平靜了。還沒告訴你，寫日記也是我一月來採用的一種排遣的方法；隨便用文語寫的，也沒整理，想不免生碩雜亂的地方。

廿四日

夜中思緒紛雜，煩熱欲死，朦朧睡熟者僅三四小時。晨五時半起，赴郊外散步，歸後稍覺爽適。約十一時，有年三十餘之男子寄信者，突向余問曰：先生貴姓黃耶？余乍不能識渠爲誰何，移時方憶起乃余幼時鄉中常見之小販王某；據云三年前即來此經商，現已小有資，且娶妻生子，家於此矣。渠去後，一信差告余曰：彼爲先生之同鄉乎？是發「白丸」財者也。余不禁憤然慨然！吁，中國人見錢眼黑，何事作不出！有知識者且大都爲金錢而蠅營狗苟，造作無限罪惡，遑論此種愚民！下午，滙兌款者皆少，讀創造週報一期。六時滙兌事停止後，赴魁陞園沐浴並理髮。歸時覺喉間微痛，買青果數枚食之，稍愈。晚來刮小涼風，一日溽暑頓銷。

廿五日

夜來微雨。喉痛已愈，晨起仍往郊外散步。雨後空氣，清新濕潤而微帶土香，吸之沁然。佇立高粱田畔之小坵上，望東方日出，空際薄雲被日光映射，如緋色之鮫綃；日升處尤美極，由粉紅而淡紫，而玫瑰色，而橙紅，最後則金赤燦爛之太陽，粧竟婀娜而出矣。因逗遛稍久，回局已七時餘。早餐後，同事金君問借洋兩元，余殊不懌，因渠善敲竹槓，前已借過兩次，並不提還字；轉思其妻兒癆瘵，生活維艱，又不忍拒絕，終又借彼兩元。然余固非富兒，不能似此作菩薩心，且渠爲人亦不値善意相助，此蓋最末次矣。十一時。滙款者甚擁擠；一丘八來，因不耐等候，出言詈罵，余只得忍受，因前牛某管滙兌時曾被一排長打傷左目爲余所親見也。生於此兵匪世界之中國，尚有何話說！吾恨無長劍誅盡萬惡軍閥耳！晚十時接母親諭，謂梁家女已成人，伊母曾數次至我家催速辦婚事，讀罷心燥如焚。婚姻問題，乃余久欲解決之一大心事。彼女貌既可厭，復目不識丁，而性情又極潑悍；最使我見而欲嘔者，則爲其裹如驢蹄之雙足！伊父縱腰纏十萬，秋涵寧賣身作婿耶？故余今春寧廢學，不願受其資助。一向以母親與伊家有瓜葛親，婚事又係母親所主持，所以未提出取消婚約者，恐拂老人之心也。然似此沉默因循，不啻養癰遺患，年終回里，當澈底解決一切。夜中思潮起伏，不能安枕，又似病前狀態。復起燃燈讀創造，但蚊蚋狂肆叮咬，亦不能耐。卒至二時後始漸睡去。

廿六日

六時餘方起床，頭微痛，心地煩悶甚；照例之晨起野外散步亦未履行。日間精神亦極頹喪。無他事可記。

廿七日

夜中睡未足。晨五時，同事田君呼我起，同往寨外散步。田君乃一誠樸之青年，卒業於開封之甲工校，爲同事中與余最相得者。盥洗後，遂相偕出。優然漫步於田塍上，曉風輕拂，將吾連日之憂鬱吹去不少。後至一小河邊，乃憶起爲吾病前夜遊狂歌之處，追想當時情景，恍然如夢。談及郵政內幕之腐敗，外人之專橫，人員之卑汚，又互述學生時代生活之快樂，彼此憤然惜然。後論及教育問題，據田君云，以偌大之駐馬店，商務發達不亞於郾許，然除一回族所立之育英小學及一教會小學外，並一官立小學亦無之；於此亦可見中國教育之一斑矣！歸來時，聞路旁促織爭鳴，聲如清磬，鈎起兒時情趣，彼此各就草叢中覓捉一頭；但朝露未乾，土壤黏濕，弄得兩手泥汚，又自哂尚未脫孩子氣也。下午，有丘八二及一着便服者携款三千元來滙寄，閱滙單知係泌陽縣縣長張某寄其家者。按郵章一人在一日中只限滙六百元，丘八蠻不講理，頗費唇舌，後方允分兩日寄。詢一丘八，知張到任尚未滿一月，竟已收括盤剝如許造孽錢矣！嗚呼！中國之官吏，中國之人民，中國之前途！終日與阿堵物厮混，令人煩膩欲死，吾鄉有「過路財神」一語，其斯之謂歟？一笑。噫，吾之大好時光，盡銷磨於此種木偶生活中，實堪痛心；奈何奈何！

廿八日

今日天氣熱甚，稍一勞作，即揮汗如雨。上午十時左右，忽聞後宅有乒乓之聲傳出，一信差往伺之，出語衆曰，怪，我新局長竟在局內聚賭耶？蓋駐鎮閩人頗不少，自「蘿蔔」來此後，（蘿蔔乃同事戲加新局長之別名，言其無能也。）時有男女往來，笑語嘈雜，今方知其為作此種勾當。聞某省長且於省署中狎妓聚賭矣，區區一郵局局長聚賭於郵局內，有何足奇！嗚呼！腥臭爛污之中國乎，自官吏以至人民，靡亂醉生夢死之走肉行屍，不知汝尚能苟延幾許時日也！傍晚匯兌事結束後，獨自往寨墻乘涼晚眺；時赤日已墜，微風輕沓宜人，而燦爛之晚霞尤綺麗可愛。登高四望，意態爽然；以視伏處於湫隘沉悶之辦公室，眞有天國地獄之感。少頃，則暮色蒼茫，羣星顯現矣。正凝眺間，猝聞有悠揚婉轉淸脆激越之歌聲蕩漾於晚風中；求所自來，則見耶穌堂之小花園中，三五兒童，正圍繞一白衣人輕舞酣唱。白衣人則美國老處女 Miss Taylor 也；但可謂善尋樂者矣。轉思此天眞漫爛之兒童，倏將變爲痲木不仁之基督徒，又不禁憒憒。

二十九日

淸晨散步歸來，口燥渴甚；値局前有賣豆漿者，飲兩小碗，覺甚甜美；較吾鄉所賣者尤精細白嫩。不食此物恐不止三數年矣。因此竟惹起幽渺之鄉思，悵惘久之。上午八時，有南陽郵差徐文祥來，狀極狼狽，謂所挑運之包裹兩袋，行經泌陽東某地被土匪搶去，匪曾發一槍擊渠，幸未中，但左股爲刀背擊傷，使非叩頭求命，已作刀下鬼矣；現連夜赶來報告云云。言次，淚流不止。渠爲一五十餘老人，已作郵差近念年，經此一驚，受傷後又連夜奔波，偃臥席上不能動，厥狀至悽慘。可憐我郵差！今日較昨尤煩熱，身體極不舒適；夜餐未曾進膳。夜間不能寐，思想又龐亂無主，心頭痛苦難狀。

好了，手也酸了，眼也澀了，前昨兩日的不再寫了吧。從這點零亂的記載中，除我個人底生活狀況以外，你或能看出些這社會上形形色色的鬼把戲。這雖只是我個人在微小的生活範圍和近於剎那的時間內所觀察的社會現象，其中，就有的是欺騙，卑劣，齷齪，暴毒，槍刼，殘殺，……一切的罪惡；推之於整個的社會，大概也就是如此呢！眞的，在中國這現社會上只有罪惡，只有罪惡！

潢水綠波，禾田秧浪，依然如故吧？暇時望多送給我點故鄉的消息。

秋涵十二，八，一，夜二時半。

第八信

薇弟如握：

正盼着你覆信告我故鄉近來的景況，今晨忽接自汴來書，很詫異你為什麼距開學還有一月已經返校了；信讀完後，方知你這次回里飽受了刺激，因不能忍受才早日離家。讀到「琴姊因婚姻失意以致愛情而服毒自殺的慘劇，我也不禁怒火中燒，悽然淚下；手足情深，哪能不使你憤懣悲哀呢？不過來信有許多悲觀失望的話語，我忍不住要說幾句話。

本來，我們現在正是思想奔放狂熱着尋求眞善美的青年期，不幸生在這時代，這社會，接觸的處處是黑暗，是汚濁，是罪惡，怎不刺傷我們純潔的心靈，使我們感到悲憤與失望！——可是我們便投降社會讓牠惡化嗎？絕對不能呵！我們一日不死，我們白的腦髓與紅的血液一日還有機能，我們要和牠搏戰一日！來信說，『生活在這血腥肉臭的社會，眞眞是活地獄，倒不如死了的痛快！』未免過於萎靡了。

「薇弟！你底性情本來太柔弱了，受了這種打擊，自不免流於悲觀。你要知道，正因為現社會是可詛咒的活地獄，所以我們要作個積極的革命者，作個破壞現社會的戰士和建設新社會的工程師，去造成個天國的社會，遺留給我們底子孫。我們如果只厭恨這地獄，只求逃避這地獄的法子而不求改造牠的方策，那麼，恐怕這地獄要成爲永遠的地獄了！總之：這地獄的社會一日不毀滅掉，人類底痛苦一日不得解脫；合理的美的社會一日沒建設成，人類底幸福一日不能獲得。我們不可灰心，也不必望洋興嘆，因爲只要努力，多少總有牠底代價的。薇弟，不要悲觀，悲觀不是我們覺悟青年應有的傾向。我們要認清我們底敵人就是這萬惡的現社會；我們底生活受了牠底壓榨，我們底心靈受了牠底蹂躪，我們底親愛者受了牠底摧殘，我們應有劇烈的反應，更堅決地鼓起勇氣來向牠猛攻！復仇！復仇！我們要復仇！打牠個落花流水，重新建設我們理想的世界！請你緊記着我們以前說過的話，「我們青年底使命，就是要用我們底力去搗毀一切黑暗的淵窟，用我們底血去澆滅一切罪惡的魔火；拯救阽危的祖國，改造齷齪的社會，乃是我們應有的惟一目標與責任。」一振作起來喲！薇弟！我們要預備着橫刀躍馬，衝鋒陷陣哩！

最後我要誠懇地勸告你的是，你底身體本也不狠強壯，務望好自珍重，不要過事憂鬱。至於說家中叔伯們底不和，嬸母們互相勃谿，那不過是大家庭的賜與，只要不影響到你上學，可以不必管牠。縱憂心又能怎樣呢？

我底心境，近來又發生大的激變了；勉强壓抑着情感過了兩月渾然木然的生活，蓬勃的心火，又熊熊地燃燒起來。

思想與情感本是壓抑不住的。自從病癒後，因爲想着家貧母老，假使再把自己戕賊了，就要演成至慘至慘的悲劇，加以自負是覺悟青年中的一個，更不願以死解脫個人，輕易放棄自己底使命；所以勉力克制着思想，只求精神上不感過深的痛苦，打算再忍耐着作年餘的工作，俟把負債償清，就卽刻脫離這半死人的生活去追求我底前途。但近來思想底門是再緊閉不住了，苦痛與悲憤的火藥庫也因之而爆發。我睜着眼睛望，我閉着眼睛想，社會且不論，這樣內憂外患奄奄一息的國體，這樣蠅營狗苟醉生夢死的民衆，我無論如何不願像這樣生活下去，做這種只好木頭人做的工作。十天以來，我底靈魂在叫囂，在狂喊。當我在點數滙款或開寫滙票時，他在我耳傍高叫，「死猪呀！」「麻木不仁的死猪呀！」一我底心便被這叫聲刺疼了。當我做完了事或躺或望着休息時，他又「殺呀！流血呀！死呀！死呀！」一地狂呼着。

夜間，一合上眼便朦朧地做種種的夢。夢見無名的惡獸，描頭鷹，響尾蛇，鱷魚，蝎，帶翅的狼，……。夢見勇士，戰場，死屍，狼藉的血肉，惡魔底頭顱，肢體，腸，肥的黃油，……。有時似乎聽見母親底聲音在喊，「涵兒！平靜些！平靜些罷！我底孩子！」但靈魂答她說：「老太太，請不用管閒事吧，他是屬於我的！」夢境依然演下去，無名的惡獸，毒蝎，帶翅的狼，追奔逐北的勇士，惡魔底頭顱，肥的黃油，……。「薇弟！像這樣內心煎熬的情形一天天地演下去，我這已受了深重劍傷的羸弱的軀殼，如再經一度病症的發作，恐怕就再沒有苟延生命的希望了！呵呵，「薇弟！我應當怎樣才好，怎樣才好呵！

昨天夜裏，思想像野馬般馳騁，踐踏得我身心都說不出地痛苦，到下雨點還不能合眼；叫臭蟲和蚊子更盡力吸吮我底血液，我率性起來，打算往塞外去透透悶氣，但腦子暈得利害，我只得坐在院中苦思我究覺應當怎樣。現在我底計劃已大體決定了，不知能否做到。我打算再忍受五個月的煎熬，到舊曆年底一定跳出這斲喪我肉體和精神的牢獄來。預計那時我可以有一百五十元的積蓄，除去欠舅舅和二叔的債，別人的大概可以償淸；只要使母親不過於爲家計勞心，我對家庭也就沒有許多顧念了。離開後我打算先回里在慈母膝前作兩月的承歡，把家事料理料理，然後再出來找我生命之泉底流瀉處。母親或者不放我去作她認爲有危險性的一切事情，但至少我總可以做我願做的工作。（？）不過，這兩個月的生活我又怎樣排遣呢！

頭狠疼，不寫了吧。

秋涵十二，八，二三。

第九信

薇弟！

前函計達。上午突接家電，謂母親病重，着速歸。不論准假與否，我已定夜車南下；心煩意亂，不知所云！

第十信

涵 九月三日

親愛的薇弟！

筆尖還未着紙以前，我握着筆的手在瑟瑟地抖顫，渾身都在戰慄。熱淚橫溢，滿濺在信箋上！薇弟！你當已猜得下面寫的是什麼消息了！滿飲了一大杯白酒，心頭似稍鎮定；現在我要把兩月來所遭受的一切，盡情地傾訴與惟一的愛友。除了你，薇弟！我這滿腔致命的愴慟，煎灼的悲憤，囑心的悶苦，更能向誰去宣洩呢！

九月四日清晨，在信陽下車以後，天還不到五點鐘的樣子，我一刻也沒曾休息，便乘着曉風，歸心似箭地徒步往東奔來。除去一小包替換的衣服和十幾元錢之外，什麼都沒攜帶；打算一天一夜赶到家，所以決計連土車也不僱，自己揹着小包步行。在烈日炎炎的大熱空氣中疾馳，心煩欲爆，汗流如雨，我恨不能一步飛到故鄉慈母底面前。因爲天氣的溽熱和心頭的焦燒，一天中除了喝水，呑人丹，沒有進半點食物。傍晚到羅山，我很詫異自己走路的神速爲從來所未有，不到十個鐘頭已走百二十里了；但兩腿酸痛得不易擡起，脚掌上又磨了幾個制錢大小的水泡，實在不能再撐持前進了，雖然一心惦記着病中的慈母，精神上並不倦乏。我不得已在西關一家小客店中歇下。

晚餐時，雖然勞頓了一天而且沒有吃一點東西，不但不覺得饑餓，腹中反倒脹得利害；勉强喝了半碗米湯。飯後又吞了一包仁丹，緊張亢進的心神，才漸漸弛緩下來。在板舖上賴賴地躺着，剛想朦朧睡去，忽聽店家小兒呼喚媽媽的聲音，又打動了我漸趨寧靜的心情，腦中幻出母親偃臥病榻望兒眼穿的情景，忍不住掉下幾滴熱淚。疲倦飛去了，我不能再睡下去。起來小院中來回走了兩趟，覺得兩腿已活動許多，脚上的泡因睡前已用針刺破，又蒙店主婦底好意給弄了些鍋烟子敷上，——她聽說我是因母病歸家，對我非常同情，——這時也不覺得疼了，我決然要照原定的計劃，夜行歸來。

同屋的兩個客人已經睡熟了，我輕輕地喚了店主人來，付了賬，說我夜裏還要趕路。店主人也是很仁勇的，他說，「黑夜間路上怕不好走哩，先生。俺們這兒也不像往年那樣平靖了，聽說上月，湖北的猪客在閔家崗大天白日就被搶了。天又陰沉沉地，你看。先生，還是明天再走吧。」他極誠懇地說着，同時走到門口，向天上張望了一下。我說路是常走的，又沒帶多少行李，想不要什麼緊。走到院中，見天上果然滿佈着黑雲，沒有半點星光，心裏也有些微遲疑，但轉倏又決定非走不可了。店主人又說天是黑得太利害了，總要帶個燈火才好；說罷從他屋裏取了個小玻璃燈籠出來。店主婦也聞聲出來了，牽着她七八歲的小女孩。

「哦，先生黑夜裏還要走嗎？老太太有點小災星想來不要緊的，何必這樣着急呢？唉，像先生這樣年青人，能這樣孝心眞難得，炎天烈日深更半夜地還要往家裏走。——脚還痛嗎？」店主婦帶着矜憫的神情溫和地向我說，接着一聲深深的長嘆。

「不痛了，塗上鍋烟子就不痛了。……」不知感情怎麼那樣容易觸動，那和靄婦人底溫語，使我覺得鼻端一酸，再也答不下去了。呵呵，徽弟！現在想來，愛我有逾生命的慈母，我對她何常有像她愛我的一半的愛呢？孝心，我是如何地痛心而且慚怍呵。

店主婦說燈籠算借我用好了，店主人又爲我買了兩枝洋燭和一匣火柴，他們一定不收代價，我只好在臨行時，把一張湖北官票塞在小姑娘手裏。我提着燈籠掮着包袱，很有些依戀不捨地走出了店門，街上闃靜黝黑，寥無人跡，大概已有十一點左右了。走了數十步以後，回頭看，屋內的燈光，隱約地映着店門前那一雙樸純仁厚的夫婦和他們那天眞爛漫的小孩，似乎還在目送着我底燈光人影。那眞摯的人類至上的同情到今天，還是深深鐫印在我底心底。

夜中，在茫茫黑暗的天地裏，一燈燐火，伴着我瘦長的孤影，幽默地奔向漸近的故鄉。溫潤的微風輕輕吹着，白日的炎威已經消滅，身體倒很覺清快。除了路旁林樹被風撼動發出輕微的沙沙聲，和我脚步的彳亍聲而外，一切都是死一般沉寂。燈燭時被風刮滅，幸虧帶着火柴，我又感激店主人想得週到。

行近孫鐵舖時，忽然下起疾劇的大雨來，我只得急趨路旁一顆古樹下暫避，但渾身早被淋得濕透了。在樹下蹬伏着，眼前是無邊的漆黑，天際偶有電光閃耀；耳畔只聽得狂風驟雨的聲音，如山崩海嘯，如萬馬奔騰。心頭是突突亂跳着。驀地一聲霹靂，驚震得我頭暈欲仆。我心裏想，不知那時店主人夫婦，是怎樣地惦記着我。幸喜沒有一刻便風平雨息了，我重新點着燈籠，依然打起精神向前奔去。絲絲霧雨，還不斷地霏霏落下。道路經急雨一冲，表皮泥濘不堪，一踏一滑，甚是難走，曾經跌倒了好幾次。

到秦河集天已大亮，雨也完全住了，這時乃覺得饑腸轆轆，身軟無方。在一家飯舖吃了一大碗綠豆稀粥和兩條油鏍，覺得異常香甜。飯後起身，因爲一路行來愈東泥濘愈甚，想是這邊雨下得更大些，所以率性把襪鞋脫了，第一次嘗試赤脚走路的滋味。心疾步速，不到晌午，便已望見了我家庄前那顆最高的銀杏樹了。喜樂與憂念交迸，使我幾乎下淚；我知道我底身體已在闊別兩年的故鄉景物底懷抱裏了。

雨後的嬌陽，蒸發得大地上一陣陣水氣上升，遙望村莊林、樹，都是煙霧繚繞的。在離家半里的地方，我在水塘中把脚洗凈了，穿上襪鞋，恐怕太狼狽了，到家要使病中的慈母見了傷心。當於走近園溝的路壩時，心中忽然起了一種不安的疑懼；想着，假使第一眼看見的是大門上兩方白紙呵，……我心頭顫跳着不敢再想下去了。進了路壩迎面撞見了二叔家的六弟，他楞楞地說，「你是四哥嗎？我，大媽昨晚上還念着你哩！」從他底話語中，我知道並沒有什麼意外的事情發生，才把緊張的心絃緩下。

六弟替我提着包袱，剛走到堂屋院中，他就「四哥回來了！四哥回來了！」地高聲喊嚷着。芸妹聞聲早從屋裏跑出來，兩年多不見，我差不多有些認不得她了。我心中覺有無限酸楚，緊握着她底手，跟着她走進母親底病室。房中有些什麼人我全沒看見；當我踏進房門的時候，首先映入我底眼臉的，便是母親那側臥枕上清瘦黃白的臉，和露在被外的枯乾的雙手。大概她也聽見了六弟底喊聲，她那無神而慈祥的目光，正向房門口凝視着。當我喊了聲「媽！我回來了！」我見兩顆晶瑩的淚珠，從她底眼角流到她枯縐的臉上。「薇弟喲！那時我底心中是如何地難受，如何地酸痛呵！我跑到床前，抱住她底頸頸，失聲哭泣了。我把當時心頭所感的悲哀和半年來在社會上所受的侮辱與創痛，都變成慟淚盡情傾瀉在慈母底懷中。

恐怕過於使母親傷心，我制止了滿腹辛酸，慰問她底病狀。這時我才看見菁姊携着小甥女兒站在床前，據說她爲侍候母親底病，已回我家半月了。她告訴我母親患的是大便下血症，每天少則數次，多則十餘次；請了好幾位大夫服藥都不見効，病勢只一天天地加重。她說着眼圈紅了。聽了她底敍述，想到母親爲我們姊弟辛苦一生，心血嘔盡，這病症一定是操勞過度體氣虧弱的結果，覺得心如刃剸，禁不住熱淚外衝。母親左手撫按着我底肩頭，右手摩弄着我底面頰，用微弱的聲音問長問短。她叫我不要擔心，說是因病中極掛念我，才使舅舅打電報叫我回來；她問我何時接得電報，怎麼會走得那樣快法；她說我底面容比上次寄回的像片差得多，問我爲什麼那樣瘦弱；最後她問我餓不餓，叫芸妹去打荷包蛋我吃，還囑附叫打得嫩些。——呵呵！薇弟！這種慈母無邊的熱愛，我是永遠永遠再也沒福享受了！

身體本已十分脆弱的我，加以盛暑中日夜奔波，路上又遭了雨淋，到家的下午，便也撐支不住臥床病倒了。連日高熱相繼，只覺昏昏沉沉的。那時眞苦了蒨姊和芸妹，她們一方面要侍奉母親底病，一方面又要看護我。臥病時只於芸妹每次給我送飲食的時候，向她詢問母親底病狀若何，她總是告訴我說漸輕了；但從她那滿含悲愁的面色中，我知道她是在隱瞞着哄慰我。我想掙扎着起來，可恨轟轟然的腦子和癱軟的身體不允許我！我萬分不願叫母親知道我也病了，但從到家那天下午，便沒有再去她房中看她，那是不可掩諱的事實呀！不知病危的慈母，聞得她兩年多不見新自異鄉歸來的愛兒又臥病不起，是如何地擔心憂慮！更不知蒨姊芸妹，她們在那黯淡的環境中，周旋於兩個親愛的病者之間，心頭又是怎樣一種滋味！呵，我那可詛咒的病！可詛咒的病！

九月八號那天！——呵呵！那不幸的日子！——我晚餐喝了半碗稀粥，身體似乎稍清爽些；約有八點多鐘的時候，我正在似睡未睡地靜躺着，忽然芸妹和六弟張忙地跑進房來，芸妹格磔地哽咽着說，「哥，能起來不？媽——媽要你！」見了這幅情景，我觸了電似地心神一震，預覺着似乎有大禍將要到來；我不顧一切地用力從床上跳起，不是他們扶住，幾乎跌倒。我讓他們攙架着踉蹌地奔向母親底房中。

淒涼慘淡的病室中，燈光暗暗，人影搖搖，呈着紛擾緊張的現象。許多人團團地圍在病榻左右，菁姊匍伏床上，顫嘶地一聲聲「媽！醒醒！媽！醒醒！」地叫着。「薇弟呵！那時我心中是什麼一種滋味，我是描寫不出了！

母親雙目緊閉着，面容較我抵家時我見的更加枯槁。我走上去緊抱住她微溫的雙手，時着她耳畔高聲呼喊；或者她聽出了那是愛兒底聲音吧，她那密閉着的雙目，慢慢地微微睜開了。當她那遲滯的目光瞅見我的時候，身體輕輕振動了一下，似乎掙扎着有什麼話要說，但青白的嘴唇動了兩動，淚光瀅瀅，終未能說出一字來！氣息漸漸細弱，目光漸漸失散，五分鐘以後，她便拋棄了愛兒愛女與世長辭了！……

在衆人哀哭號淘中，我狂喊了幾聲親愛的媽媽，便暈倒在床前的踏板上了。被喚醒後，我無論如何要守着母親，但大家都勸說要保重自己底身體，才算是體貼母親底意思，終被舅母三哥六弟等把我抱扶着送回房去。臨去的時候，我緊貼着母親氷冷靜謐的面頰，作了個永訣的長吻；淚珠滴落在她凹陷的雙眶中，像是她也在抱着愛兒不捨而流涕！——呵呵，薇弟！我是如何地痛心，我是如何地自責自恨！三年來異鄉漂泊，在慈母病危的時候回來了，不但沒有親自奔走醫藥，盡心服侍，自己反又生起病來，使愛我有逾生命的垂危的慈母擔心而病愈加重；呵呵，我是如何的一個罪人喲！最使我時時想起便傷心痛哭的是，我這次回來，僅只在抵家那天親近了母親不到兩點鐘的時間，第二次會面的剎那，便是她永遠離我而瞑目長逝的時候了！尤其是除了最後滿含着熱愛與留戀的一瞥，連一句諄囑決別的訓語也未曾聽到！呵呵，薇弟！眞的痛苦我是已經領略够了，眞的悲哀之辛酸苦辣的毒液，如今又叫我飽嘗痛飲！呵，人生！這可詛咒的人生！我是深惡痛絕了她，我是眞眞地疲倦了！我並不是個什麼愚昧的孝心者，然而母親與我實在是相依爲命，她是我精神深處的撫慰者，是我生命的光明，是我靈魂的寄托，失掉了這樣一個眞正當得起母親的母親，我底一切勇氣，希望，熱情，豪志，都冰消了！都冰消了！假使有造物者，有上帝，有神，我咒罵他們這些狗彘不食的東西；這世界上多少惡徒多少匪類他們不去消除，他們偏奪去我惟一的母親！他們只會使一切的惡滋長，一切的善泯沒，一切的黑暗迷漫蓬勃，一切的光明黯淡澌滅！

兩天兩夜我滴水未進，心頭是痛極而麻木了，在床上哭倦了睡，睡醒了又哭。喪事的一切都是舅舅料理。舅舅雖不像一般冬烘先生相信超度亡魂的事情，但拗不過婦女們底迷信，究竟請了幾個道士來諷經誦咒；鐃鈸鐘鼓的聲音傳近我底耳朶來，像是無數的毒蝎，從耳竅直攢進心窩，嚙食我心臟的全部！第三天出殯的時候，——呵，我又心中酸痛得寫不下去了！讓我再喝杯酒，再喝杯酒！

第三天清晨出殯的時候，我昏昏迷迷地睡着一無所知，只彷彿聽見哀切的哭聲和嘈雜的語聲混合着嚷亂了許久，以後便寂然了。呵！薇弟！就在那樣悽迷的睡夢中，慈母底骨軀也永別了她辛苦四十年住居的宅院，永別了她臥病暈昏的愛兒，被人括往墓地葬埋於黃土之下去了！不知是上午還是下午，我醒轉過來，房中伴守着我的只有個不相識的老嬤，據說她是舅母家的女僕，大家都送葬去了，特別留她伺候我。送葬！呵，那兩字像一滴王水滴進了我底心窩！我遍體震顫着想爬起來去看看母親究竟怎樣地被埋下土去，但還未坐起，便又腦海雷鳴，痺軟地倒下。那老嬤忽然問我吃不吃什麼東西，說是舅母臨行時吩咐的；眞蠢呵！她竟在那時問我吃起東西來！不知怎樣想起，我腦中浮現一個酒字，於是怒視着她大聲說：『拿酒來！我要喝酒！酒！』呵，那誠實可愛的老婦人，她救—我。是懾於我底盛怒吧，她果然服從我底命令，尋了一壺酒來。我抖顫着依枕把壺抱起，生平第一次痛飲那醇醪；呵呵，酒！酒！從那時起，我深切地領略了牠底可愛，深切地拜識了牠底功德！

二次醒來已是夜中了，燈光下，看見菁姊，芸妹，舅母等圍坐在我房中窗下的棹傍，把金銀箔摺成冥錁；這使我憶起外祖母死去的那年，母親曾與姨母舅母們在燈下做這種工作的情景，如今，這工作又是爲她而作的了！她們都是滿面淚痕，芸妹更雙目紅腫得桃子似地悲愁可憫，我只覺心頭麻木酸痛，熱淚橫流着。那時窗外正淅淅瀝瀝地下着悱惻悽愴的秋雨，雨滴時而被風吹打在窗紙上，嗶嗶地亂響。薇弟喲！人間至悽慘至可悲泣的情境，怕沒有更甚於此的了吧！

菁姊忽回頭看見我在睜眼醒着，她赶忙跑過來問我心裏怎樣，是否饑餓，又埋怨我不該任意喝酒。大概是酒精在腹內作燒的原故，我覺得燥渴異常，遂把他們爲我熬好的糊米茶呷了半碗。我問她們何時回來的和母親殯葬時的情形，她們流着淚不願多說。靜默了半晌，芸妹說我兩天來更瘦得利害了，我說我願意死，死了好同母親一塊；又惹得她伏在我枕畔低聲沉痛地啜泣。那天夜裏，她們都去安歇了以後，我對着殘燈，聽着秋雨的淅瀝，想着冥臥荒野中的母親，怕霪雨已浸透了她新墳的浮土，滴滴血淚，伴雨聲直流到天明。

喪事完畢後，只有菁姊還留着同芸妹作伴，過那以淚洗面的生活；我呢，終日呻吟病榻，椎心泣血，靜候着死底降臨。在駐馬店時每想到死的問題，母親底小影卽刻就浮現在我底腦中；這時是沒有母親可念戀的了！以前是滿懷着雄心與熱情，這時已完全心灰意冷；以前認定自殺是懦弱的行爲，這時幾乎是焦急地希望着速死。然而人類究竟是感情的動物，一個孤苦零仃可憐的妹妹，又軟化了我欲死的決心。中國湯藥我是不相信且十分厭惡喝的，但每當她把那苦水煎好端放在我床前，含淚哀勸我飲服的時候，她那哽咽淒顫柔弱的聲音，使我心酸欲碎，我閉着呼吸把牠一氣喝完了。醫生說我外感的病已經沒有了，只是哀慟過度身體虧弱得利害，吃幾劑溫補的藥好生靜養着，慢慢就會好的；加以我憐戀着愛妹更懸想着恢復康健後的將來，添了些微死灰復燃的希望與勇氣，所以暈眩一天天減去，身體也日漸强硬起來。到十月二號已經可以扶杖起床了。

病起後亟欲去拜奠母親底塋墓，明知那不過是靈渺的憑弔，總幻想着似乎可以在那裏重睹慈母底音容一樣，終於在十號下午同着芸妹和二叔家的七弟一塊去了。那天天氣是陰沉沉地，空際滿舖着死灰色的濃雲，暮秋的寒風狠尖厲地刮着，自然界的慘淡和我心頭的悲哀互相溶和了。祖塋離莊還不到五里，因爲兩腿的軟弱無力，怕足走有一個多鐘頭。葱蘢的松柏叢中，墳垢累累，當我看見左方新築的一坏黃土的時候，我即刻便知那是母親底安眠處了；因爲一刹那間，我更隱約地憶起十二年前的冬天，在大雪紛紛飄舞中，從武昌運回的父親底遺骨，便是葬埋在那個所在。我悽迷地緩緩走進樹林，呆想着在另一世界中，父親和母親，或者眞的相見了。擡頭前瞻，又彷彿看見母親底身影，在墳後一顆柏樹下立着。因爲凝神痴心地冥想着，滿含着兩眶酸淚，倒沒有慟哭出來；聽見芸妹在低聲飲泣，才不禁握住她底手嗚咽了。傷痛地低徊流連了許久許久，七弟說天要黑下來了，不得不忍痛離開了那陰森凄涼的境地。

歸來時，靠着河岸緩行，秋風瑟瑟，木葉蕭蕭；澄清似練的河水，沉靜地傲然無顧地向前馳流，似乎表示這齷齪世界是毫無可戀；岸下蒼綠的荻洲，開着白花，更沙沙地奏着牠詛咒人生的大曲。這一幅冷肅黯淡的秋色圖，使我覺得似痛苦，似悲哀，似頹喪，似憤懣，似朦朧，似昏迷，似……；使我欲哭無淚，欲語口鉗，欲喊不能發出聲來！人生的一切滋味，可以說叫我一霎時嘗盡了。我用力咬緊了下唇，克制着呼吸回到家中，背地裏喝了兩碗酒，便昏然睡去。

現在，雖已起床將近一月，但對於自己底歸來，差不多完全失望了。我已經成了個半殘廢的人；神經衰弱得稍用思想便覺頭目昏眩，體力和精神的萎殆是更不用提了，如果不能恢復健康，呵。我前途還能作些什麼！還能作些什麼！還有一個致命傷，便是這抓住我整個靈魂的內心魔苦，使我每天非用酒精來排遣不可！我現在簡直是一隻喪舵的破船，在無邊的海洋中漂泊，我是沒法駕馭牠了！

呵，母親喪事中還有一件使人切齒痛心的事我還忘記寫了，這事說出固然是家族中的耻辱，但與其在我悶脹傷痛的腹中鬱結着，倒不如痛痛快快地宣洩出來。這便是至親骨肉的毫無人心！你知道我家是與二妹家隣宅居住的，但自從父親死後，他對於我家底一切事情，從未有絲毫照顧過。前年萃姊出嫁的時候，——呵，這也是我心底一道抹不去的傷痕，她嫁後一月便故去了！——雖然極儉約地花了不到五百仟，已經是東挪西借了，後來我底學費實在無處可借，才由族長九叔祖向他商借了一百吊錢，還要我親筆寫了月利三分的借據！這次母親逝世，據蔣姊說，除了他底長兒長媳和六七弟等小孩過來跑跑外，沒見他夫婦底影子來伸頭探望一下！這還不算什麼，最使我言之髮指的是，母親咽氣的次晨，衣衾棺木等一概都還無錢置辦，舅舅往他家商請他籌措幾百仟墊用，他堅執着說無法可想，可是族人眞知道他家中正有七八百仟放債現款剛收回！直挨到將近晌午，舅舅已在別處籌劃得差不多了，他方允許借給三百千的期條；因為我昏迷在床上不省人事，他非要舅舅簽給收據不可！呵呵，薇弟！一個人把臭銅錢藏在家裏，寧肯讓他底至親骨肉屍體橫陳着不得入殮，稍有一星人味的都做不出來吧！呵，誰知現在人天性之涼薄竟至於此極喲！他也是個讀過幾本四書五經自命爲道學先生的臭紳士，成天唏噓浩嘆着人心不古，江河日下，不知他這種禽獸行爲，——我這樣說並不覺罪過，——睡夢中也有沒有些微良心上的疚責？我們中國像他這樣蒙着禮教之皮的禽獸，怕到處皆是呢！眞的！中國不亡，是無天理！世界底末日或者也就要臨到了！

呵，天已大亮了，一月以後我前途的命運大概可以決定，屆時再告訴你吧。

涵十月二十八日晚五時至二十九晨

第十一信

寶薇我弟！

前天夜裏寫了留給舅舅的哀稟，昨天夜裏寫了留給芸妹的遺書，今夜，呵，我要往那幽靜的潢水中休息的今夜！是該寫給你，我惟一的愛友，一封最後的決別書了。我知道，你是個極富情感的人，得到這個消息，怕免不掉劇烈的哀傷，愴心雪涕；不過，我請你滿蓄着你底熱淚，等寒假回到故鄉，當曉風冷冷的霜晨，或白雪漫野的月夜，到瀆水畔去臨流憑吊，再行儘量揮洒。那時，假如靈魂眞個不滅的話，我定當從隱居的水晶宮裏，出來和你作一次暢叙衷曲的把晤。呵，薇弟！不要悲戚，請靜靜地讀下去吧。

上次的長信中，曾告訴你我底前途一月後就可決定，現在是果然決定了。決定的經過，不是可以幾句話簡單說得完的，我就要詳細地把心中所有的一切都向你傾吐出來；預先要告訴你的，便是請你不要認我這是一種悲憤的自殺行爲。你當然知道，我是極端反對自命覺悟的青年自殺的：失戀的自殺，雖然牠本身有牠底意義，但已是我們處這種時代的中國青年所應避免而視爲不當的了，至於悲憤社會萬惡國家糜爛而自殺，如果不是由於驟然的瘋狂，理智尚未消失，那簡直是懦弱和不澈底，更應當爲我們所不取了；因爲我認定眞欲救國，眞欲改造社會，便應當用我們的精力和血液，去切實做點工作，換點代價。——可是，薇弟！我現在已經是個精力疲竭血液枯涸的人了！我是眞眞精力和血液都沒有了，都沒有了！

大概是上次給你寫信的後數日吧，記不清是哪天了，舅舅家的曼村表弟來看我，無聊地談了些兒時的往事，他見我那種頹唐萎靡的樣子狠爲我表示深切的焦愁。後來，他說城內福音醫院新來了個外國大夫，聽說醫術狠不錯，勸我往城內去診視一下。菁姊芸妹也慫恿着叫去；午飯後，我便和他一路進城了。

兩年多不見的舅舅家，也不似以前那般整潔了，庭院都呈着荒蕪零落的現象，見了使我起種說不出的空漠悲淒的感興，似乎證實了我底理論：現世界是個逐漸腐滅化的世界。堂屋院中似還無大變動，東邊花台傍的一顆棕樹和一株尙餘殘蕊的老桂，依然狠蒼勁，台上的菊花，正燦爛地開着；只有我十二歲那年同曼村表弟栽種的葡萄，前年暑假還只小小的一棚，現在已爬滿了狠大狠大的木架，幾乎遮蔭了半個院子。到堂屋裏坐下喝茶，舅母極熱誠地取點心我吃，我一點也不能下咽，舅母說我以前是吃完了還要，現在倒客氣起來，當眞是成了大人了。談及我家中無人，菁姊又不能長住在那裏，舅母說倒不必拘執着守制，可以早把親事娶過來，家事也好有人照料；這又是一顆毒針刺入我底心窩，我沉默無言。還是曼村知道我底心事，他又談到旁的話岔開了。因爲是星期日，醫院不開診，那天我便住在舅舅家裏。

第二天上午，曼村引我往醫院去掛了號，便在診病室候着。那外國大夫是一個精神矍鑠的老人，據說來中國有二十餘年了，中國話說得狠流利自然；他狠詳細地問了前後病狀，於是便用聽診器仔細地診察我底心肺等重要臟器，又把指尖用酒精消毒後放出血來檢驗血色。診斷的結果，他似乎狠歉然地說我患的是狠重的貧血症，心臟搏動低弱，肺部也似有病象。他說這病一半年想恢復康健怕不容易，最好是到風暖幽麗的地方去靜養，一面服鐵劑與魚肝油等補品，或者長期住較好的醫院，就近治療，也比在家中相宜。他又說這病不但得在身體的營養上注意，精神上一切煩惱，悲哀，憂悶等不快的情緒，更要得避免，不然不但不能見瘉，而且要越來越重，終於是狠危險的。他說話誠懇的態度，在外人中狠是少見；然而，惟其因爲他底誠懇使人相信得過，他滿帶同情的話語，才使我深切地覺得我確是個無可救藥的廢人了！我觸了電似地靜聽着，像是最後判決的囚犯，在法庭上敬聆他死刑的宣告書；曼村也悽然呆坐一旁，看看我又看看醫生，欲語復止地說不出半句話來。最後，醫生開了藥方，叫助手取了一瓶灰黃的藥丸，命我帶回去試服，服完再取。我付了藥資，迷惘地隨曼村離開了醫院。

曼村在路上極力安慰我，說病雖險惡，慢慢服藥安心靜養，自然就會好的，我始終默然無語；其實他何嘗不知極平淡的「安心靜養」四字之不可能是我惟一的致命傷呢！到他家休息一刻，我便要回去，他因爲我進城時走路狠吃力，不大放心，仍然護送着我。過城外那座小木橋時，我脚步一滑，不是他扶持得快，險些跌下河去。到家後我便心頭火熱地暈昏躺下了。

自從那次診視以後，薇弟！我知道這付凋敝的皮囊，是永沒有恢復健康的希望了！因爲往風景佳麗的地方或住長期醫院去養病，只是那些資產階級的富翁闊少們，可以藉此去保障延長他們特殊的生命，我們窮人害病，是只有坐以待斃的呀！何況我這鱗傷殆遍的心與行將痲痺的腦，已經是根本不可治療的了呀！然而，春蠶到死絲方盡，我總還想運用這零餘的殘軀和尙未盡失的知覺，去做點我能做要做的事情，可是，我完全失望了！

我曾想着要去當兵，去作我最痛恨的某個軍閥底部下，希望乘便用槍彈擊穿他豺狼的心胸；於是便幻想着軍營的生活，怎樣感化我底同伴，怎樣領略號鼓悲鳴戰馬哀嘶的景味；怎樣在侵晨或夜半，實彈挺槍，親手擊殺了民賊的驚喜和斷頭台上，民衆們爲我下淚時內心的快愉，……但轉思我羸尫無縛鷄力的身體，如何能肩負十餘斤重的槍彈，怕連當兵的資格也沒有啊！於是我失望了。我又曾想着要去海上加入某種以暗殺爲手斷的革命團體，但一想到身體精神兩者委頓的自己，哪還幹得來機密事業呢？便不覺冷然了。最後，我想着要去土匪窟中入夥，計劃着怎樣去訓練感悟他們，怎樣招集窮苦的農民，聯合起來組織成革命的基本軍隊，怎樣和一切的惡勢力搏鬥而得到最後的成功；於是眼前幻現出：煩囂的都市中，淒涼的曠野上，到處我們底革命軍在與惡魔們混戰，鮮紅的血，冲倒了惡魔的旌旗，盪毀了惡魔的營壘，惡魔們望風而披靡，若敗葉之遭狂風，若氷雪之遇烈日，……但我卽刻又覺出這簡直是不可能的夢想。因爲現在的中國民衆，大多數還是猪般地渾渾沌沌醉生夢死着，不到七首劃入他們底咽喉，他們是連叫聲也不會使你聽見的！至於土匪，他們更是些蠢野無知的殘酷原人，他們根本就沒有理性，有什麽感化得他們動？假使我自動地闖入他們底巢穴，他們會認我是官兵底偵探，把我用滾水煑了！——呵呵，一切失望，一切失望！我眞眞是個十足的無用廢物了！

就在這淩遲般煎苦的焦思中，我覺得自己是個遍體創痍一息奄奄的戰士，是個荆天棘地的人生路上力盡精疲的旅行者，我開始計劃解脫這無用軀殼的方策了。服毒，懸樑，自裁，……我都曾想過，但轉而一想，這些辦法一定都要鬧得附近的居隣盡人皆知，添許多嚼舌的資料，遺姊妹等以更深的悲哀，而且死後的殮埋，又要費許多無意義的金錢；我躊躇着終想不出一個妥善的法子。

當自醫院帶回的那瓶藥丸服盡時，我決定不再購服了，因爲醫生明明告訴我一半年沒有痊癒的希望，又說精神上的苦悶不能避免，醫藥也不能奏効；加以藥資昂貴，也實在服不起了。說起藥資來，我又想起錢的問題了！母親喪事中，除了我那叔父——呵，叔父！——恩借了三百仟之外，還由舅父籌借了二百仟，喪事畢後已一無所有了。我這兩月的醫藥調養費，乃是把秋季收的十餘石稻子賣了來維持的；薇弟，似此寅吃卯糧地把明春的穀食都預耗了，那還有力量長期服貴重的藥品呢？然而，窮困自窮困，篤愛我的菁姊，芸妹，雖經我底阻止，終又想盡方法，把她們底幾件比較值錢的飾物命人拿去當了，托曼村表弟又買了一瓶藥丸送來；其實一瓶藥於我底病又有什麼補益呢？可是，我腦中一個顯明的死字，又被這篤愛的熱情冲得暗淡些了。

　　這次的藥我並不認眞服了，我不忍讓她們典質衣飾去爲我買藥；她們問時，我就說藥丸作鐵銹氣，服時狠難受，又不覺見効，也就把她們蒙了過去。爲要寬慰她們爲我而焦燥的心，我極力裝出活潑快樂的樣子，常常携着小甥女明兒，到附近的田野裏或宅後的竹林中去玩，她們見了安心不少；至於我不可救藥的病情，還始終瞞哄得她們一點也不知道。每天晚餐後，大家常團聚在我底房中，我斜躺在床上，芸妹和明兒坐在我底身旁，菁姊在燈下作活計，於是天眞爛漫的明兒便用小手摸着我底面頰，要我爲她講好聽的故事。被她糾纏不過，我只好強作歡笑地給她講，並藉此逃避自己心頭的悲苦。她聽到有趣的地方，便手舞足蹈着，銀鈴般的笑聲，溢洋乎室內。這種充滿着熱愛的天倫的融融和樂，溫起了我留戀人間的哀情，有時不知不覺間熱淚湧出了。最使我萬分心酸的，便是可憐可愛的芸妹對我那種溫摯的悌愛與可憫的依戀。誠然，母親是棄她而去了，出了嫁且有了兒女的姊姊，來此已成了作客的性質，除了惟一的哥哥，她尙有誰可依戀呢！她雖然已經是十六歲的少女了，但在我面前簡直還是個嬌憨的孩子，有時她撞見我在房中偷着喝酒，便淒然地赶上把杯子奪下，一言不語地伏在我肩頭流淚，我心頭酸酥地不得不抱撫着她這聖潔的天使安慰她，說以後不再喝了，當我無聊鬱悶地躺在房中，她便輕輕地走來，委婉地說終天躺着於身體狠不好，要我起來爲她講解點什麼或同她出去散步；如果我不聽她底請求，她便撒嬌地伏在床前呻吟，不把我鬧起來不止。晚間，有時朋兒先睡了我便叫她追述我在外時母親與她生活的狀況，和母親病中念我的情形，於是從她淒婉哀柔的音調，迸出了許多傷心的故事。她告訴我數年來母親是怎樣地遲眠早起，操理家務，希望能把我供給畢業，又說去年中秋節前不得已寫信叫我寒假後休學的時候，母親是怎樣地流了三天的慈淚；她告訴我自從我入了郵局以後，因爲怕我作事吃苦，母親較以前更覺懸念我，夜間還常做瞧見我的夢，醒來便和她說夢中的種種情形；她告訴我母親一臥病便渴望我回來，我抵家那天夜裏，母親曾流着淚向菁姊和她說，見了涵兒死也放心瞑目了！他又告訴我母親臨危的那天晚上，還擔心地問我底病好些沒有，後來又大聲呼喚我底名字，所以舅母叫她和六弟把我攙到母親底房中，母親以後便不能再說一句話了！……說到沉痛的地方，我們一雙零仃孤苦的兄妹，便相互偎倚着哽咽啜泣；有時她更像失母的羔羊般倒在我懷中嚶嚀不止，直到菁姊說夜深涵哥該睡了，涕淚泫然地携着她離開我底房間。——呵呵，薇弟！這樣一個天真，穎慧，可悲，可憐的弱妹，想到不久便要拋撇了她，我是如何地哀腸萬結腦酸心碎呵！

在手足的摯愛的繫念中，我迷離地過了半月醉夢般的生活，極力去安慰慈姊愛妹，直到十天以前，就是舊曆十月十四那天，我解脫殘軀的計劃方纔決定了。呵，提起那天，我滿腔的憤火，又熾燒得我心頭狂跳起來。我不是敘說過母親喪事中曾借了我那叔父底三百仟錢嗎？在我可以扶杖起床的第二天上午，他便提了板旱烟管肥猪般蹩到我家，冷然地問了句現在病好了嗎以後，便開始數說他是怎樣地急於用錢，又說我已是當家人了，赶快爲他想法子纔好；自從那次以後，不隔三天，總有他或他底大兒到我家索債的蹤跡，薇弟，剛經了喪母與重病兩重創傷，日在悲哀之淵裏浸沉着的我，怎奈煩得他這種惡毒的逼迫！同時，他還往舅舅家催逼，說如果無錢歸還，就得把祖遺的房屋或田產賣與他從中扣除。呵，是的！原來母親逝世急待用款時，他挨宕了半天才又允許借給三百仟，便是垂涎着要併吞房屋與田產！一天，舅舅也在我家，他又聲勢洶洶地來催逼吵嚷，菁姊忍無可忍，把他數罵了一場，大家便議商從速把欠債歸還他。舅舅說，反正我又不能經營稼穡，房屋又空無人住，倒不如把房產都併讓給那非人的東西，我和芸妹可以進城在他家暫居，俟將來我結婚成家，再行賃房居住，他也可以就近照料。爲安慰青年人底好勝心，他又說產業本不算什麼，叔父雖惡，究還不是賣給了外人，只要自己有能爲，將來不患無華屋良田，何況外債償清後還可以餘下仟餘吊錢呢。菁姊狠以爲然，我尤其同意，因爲我所哀憐顧念的芸妹，可以有安身的所在了；至於心如死灰的我，哪還有什麼顧惜產業的關念呢？經了九叔祖與舅舅同他幾次磋商，又受了他種種勒措，議定田房價總共二仟八百仟，於是在十四那天寫了契約，我那禽獸不如的叔父併吞家業的目的算達到了！

呵，現在該告訴你我那天計劃的決定了。我究竟是個平常的人，那天晚上，在一種不易分析的心理狀態中，心頭覺有無限疚歉與悲憤，於是乘着月色，悄悄地走了出來。糢糊中越過田疇，繞過小溪，我像有許多罪過要去懺悔般有意無意地走到祖塋中母親底墓旁。塋地四週的松柏，在夜色中顯出一種特別的莊嚴森靜，從牠們枝椏的微隙中射在地上的月光，絲絲片片，像是暮春雨後的落花；輕微而峭勁的寒風，拂動樹枝，地上的月光也隨之幪幢搖曳，枝椏的綷縩聲，與山雀的吱啾和噗噗拍翅的微音相應和。在那沉寂，神秘，溫柔，淒楚的氛圍中，我不自主地伏在母親墓前幽泣了。我懺悔了我底不孝和無能，失去了母親十餘年辛苦保持的產業，我詛咒了叔父底狠心狗肺和這滿佈鬼蜮蛇蝎的世界，最後我禱祝了父親母親泉下的康健，說我不久便要歸來他們底膝下。夜寒逼人，我木然站起，慢慢踱出林來，及至走到河岸旁邊，那清麗的夜景，又止住了我蹣跚的脚步。那時，皓月的銀光射滿大地，天際只有些少輕裊的白雲蕩動，遠樹煙迷，近村霧漫，澄碧似鏡的㶟水，微波漪漣，金光閃爍，水中的星月更與天上的交相輝映。當我正痴痴地嘆賞那神秘偉大的自然，驀地蒼空中一聲雁唳，像一顆銳厲而滿含暗示的堅石，沉着地擊入了我底心潭深處。擡頭仰視，見一隻孤鴻，正哀鳴着向南飛去，再低頭，我心靈的境界是另一天地了！——我感悟了眼前那浩蕩澄潔的㶟水，便是我最好的歸宿所在！

自從那夜以後，接連着幾日，霜風冷月的黃河岸上，黃昏後便有我徘徊踟躕的孤影，思索着怎樣寫我底遺書，怎樣減輕一切親愛者底悲哀，怎樣把愛妹鄭重付託給舅舅。有時，對着那幽美的月夜，不禁想到去年中秋我們在開封月下對泣的情景，和我今春在駐時那大病導綫的夜遊狂歌，我狠詫異地發覺了月夜對於我這十八年短短的一生，竟有如此重大的意義。這也算得我生命史中的奇跡吧！

六天以前，菁姊家又來人催她回去，還携來一封姊丈微含嗔怒的手札。她家本是合居的大家庭，一切烹飪紡織都是妯娌們分任，她歸寧數月未回，自然是大家不滿意的了；前已催接了數次。所以這次她決定回去。因為她這次回去於我便是最後的永訣，芸妹又需人作伴，於是我又把舅母和與芸妹同齡的曼沁表妹接了來，藉作幾日生離死別前的歡聚。那幾天中，我努力壓抑着心中的悲苦，想在天倫溫愛中作一次最後儘量的陶融，同她們河邊散步，燈下敲棋，談述開封的鐵塔是怎樣地莊嚴偉大高峻巍峩，黃河的波濤是怎樣地奔騰澎湃，神工鬼斧；她們偶爾戚然地談到母親，我倒用旁的話岔過去了。菁姊臨行的頭一天晚上，曼村也來了，我提議要在夜中月上時往河下蕩船，痛痛快快地玩一下，大家都非常高興。於是僱妥了一隻小艇，曼村又進城去取了他底月琴與短笛，並買了些點心和兩瓶玫瑰露酒，候至半珪明月自東山升起，大家便快活地齊往河下去了。舅母說夜間冷氣太重，怕要着涼，但抵不過孩子們遊興葱蘢撒嬌地懇求，更不欲阻止我偶然的興緻，終於命大家多加衣服，也隨了我們同去。起先，我帮同船嫗搖槳，靜聽着舅母同菁姊談她兒時端節觀龍舟競渡種種的熱鬧故事，後來被曼村兒妹激越清悠的笛聲琴韻，芸妹底低吟，明兒底歡呼，激動了我狂歡的興趣，也不禁放開喑然的喉嚨，加入了他們底樂隊！呵，那靜美的皎月明星！那醉人的波光水色！我們歌唱着，笑語着，直玩到四更向盡，酒餌都已飲盡食完，方纔把小舟蕩回村前，我已是醺醺帶醉了。呵呵，薇弟！我是如何地自慰自滿，垂死前消受了這般濃福！——然而，勝會不常，盛筵難再！前天上午，菁姊便帶着可愛的明兒，撇下了零仃的弟妹，在淚眼顫聲的話別中，爲一輛竹轎載向百里外她自己熱鬧的家庭去了。

菁姊去後，我覺得這齣悲劇終久要開演的，不願再多遲延了；而且舅舅家的房屋已打掃停當，沒幾天就要離開這留有許多往跡的親愛的故居移往嘈囂的城市，我碎了的心，怎堪再受一番踐踏！所以決計趁舅母與曼沁表妹在這裏，可以勸慰芸妹不至發生意外，早日解脫這殘廢的軀殼，好休息我倦怠的靈魂。夜間，我便寫了封留給舅舅的哀稟。我詳細地敍述了我身心皆殆不能再苟延生活的原因，深誠地拜謝了他十餘年對我的鍾愛與期望；我請求他不要過於慟惜我，把對我的痛愛移去加倍地愛芸妹，並請他把房產價的餘款，就作爲芸妹底教育費；最後我稟明他曼村表弟和芸妹小時便極要好，如今更深摯地相互愛慕着，請求他成全他們的互愛。——這也是我生平一樁快意的事。昨天夜裏，我又流着酸淚給芸妹寫了一封委婉的遺書，勸她不要爲我過於悲慟，要努力作一個新社會的新女性，又把她和曼村的婚事告訴了她，並附致曼村一紙，祝他們前途幸福，同時更決定了俟今夜給你的決別書寫妥後，便乘着月色往那幽靜的清波裏休息去！

呵，亂七雜八地寫了許多，要說的話似乎說完了；可是，在我這鬱結恣悶的胸中，終覺還有些什麼東西不會嘔吐出來。薇弟！現在我是毫無顧念地要離開這世界了，但一想起一年前的我，還是個壯健活潑的青年，不知爲什麼一年後的今日，我便不得不投向，投向死神底懷裏！我底血是哪裏去了！我底力是哪裏去了！呵呵，薇弟！母親底死固然是我生命裏一道深重的創傷，但戕踢我底血液，斵盡我底精力的，實在是這血腥肉臭的社會呵！牠使我失學，使我做不願做的煩重機械的工作，使我熱血騰沸，使我癲狂，使我患不可救治的病，最後牠逼我去死！呵呵！我要毀滅了這社會，毀滅了牠！

薇弟！最後我再告訴你，我底死並不是自殺，我只是要到那澄明靜冷的清波裏，休息休息我疲癱了的精神，調劑調劑我枯涸了的血液，潤舒潤舒我燒焦了的靈魂；——待我恢復了我原有的力時，再和這妖魔社會搏鬥，我是不會死去的喲！

前庭那座比我底年齡還大的老座鐘已敲四下，下弦月當已照臨於潰水上了吧？別了，薇弟！……永別了！……祝你爲社會爲人類努力！……

秋涵十二，十二，二，夜深絕筆。

新文藝叢書

本叢書由徐志摩先生主編：所選各稿，無論譯述與創作，均經過徐先生詳細的校閱；取材嚴格，文字優美。其主旨在供給一般愛好文藝的人們一種良好的讀物。已出版下列各種：

旅店及其他	沈從文作	一冊五角
日本現代名家小說集	查士元譯	一冊五角
結婚集	梁實秋譯	一冊五角
一幕悲劇的寫實	胡也頻作	一冊五角
輪盤	徐志摩著	一冊六角
波多萊爾散文詩	邢鵬舉譯	一冊六角
珊拿的邪教徒	王實味譯	一冊五角
休息	王實味著	一冊二角半
口供	郭子雄著	一冊三角半
一個女人	丁玲女士著	一冊三角半
少女書簡	夏忠道著	一冊三角半

中華書局發行

少年中國學會叢書

中華書局發行

書名	著者	冊數	定價
吳偉士心理學	謝循初	二冊	各七角
英國教育要覽	余家菊	一冊	七角
應用教育社會學	陳啟天	一冊	二角半
經濟學要旨	李璜	一冊	四角
法國文學史	李璜	一冊	一元二角
宋詞研究	胡雲翼	一冊	九角
馬丹波娃利	李劼人	一冊	一元二角
婦人書簡	李劼人	一冊	七角
盲音樂家	張聞天	一冊	五角
達哈士孔的狒狒	李劼人	一冊	七角
同情	李劼人	一冊	三角半
莎翁傑作集第一種 哈孟雷特	田漢	一冊	五角
莎樂美	田漢	一冊	六角
琪珴康陶	張聞天	一冊	五角
南洋旅行漫記	梁紹文	一冊	一元二角
咖啡店之一夜	田漢	一冊	六角
日本現代劇選	田漢	一冊	三角半
青春的夢	張聞天	一冊	三角半
羅密歐與朱麗葉	田漢	一冊	六角
古動物學	周太玄	一冊	八角
人的研究	周太玄	一冊	八角
德國人之婚姻問題	王光祈	一冊	二角半
少年中國運動	王光祈	一冊	五角
正義進化與奮鬬	邰爽秋	一冊	五角
古生物學通論	楊鍾健	一冊	六角
生物學綱要	周太玄	一冊	七角

新文化叢書

本叢書由國內外學者擔任譯著，出版以來，已風行全國，凡政治、經濟、文學、哲學、社會問題各名著，無不廣爲搜羅。爲中學以上學生及各科專家必備之參考書。

書名	冊數	定價
思維術	一冊	七角
近代西洋哲學史大綱	一冊	三角半
西洋古代中世哲學史大綱	一冊	五角半
唯物史觀解說	一冊	四角
人的生活	一冊	四角
赫克爾一元哲學	二冊	一元二角
人生之意義與價值	一冊	四角
現代心理學之趨勢	一冊	七角
社會主義初步	一冊	三角
社會問題概觀	二冊	八角
社會問題總覽	三冊	一元二角
農業政策	一冊	八角
工業政策	一冊	一元
商業政策	二冊	八角
交通政策	一冊	五角
收入及卹貧政策	一冊	八角
歐洲政治思想小史	一冊	五角
政治理想	一冊	三角
現代世界經濟大勢	一冊	六角
遺產之廢除	一冊	八角
科學發達略史	一冊	八角
達爾文物種原始	四冊	一元八角
女性論	一冊	四角
統計新論	一冊	六角
遺傳學	一冊	三角
中國文化小史	一冊	六角

中華書局發行

民國十九年四月印刷
民國十九年四月發行

新文藝叢書 休息（全一册）

定價銀二角五分
（外埠另加郵匯費）

著者 王實味
主編者 徐志摩
發行者 中華書局
印刷者 中華書局
印刷所 上海靜安寺路二七七號 中華書局
總發行所 上海棋盤街 中華書局
分發行所 北平天津張家口石家莊邢台保定 濟南青島太原開封鄭州西安蘭州 成都重慶長沙常德衡州漢口南昌 九江安慶蕪湖南京徐州杭州溫州 福州廈門廣州汕頭潮州梧州雲南 遼寧吉林長春哈爾濱香港新加坡 中華書局

（五七五〇）

中篇的集體創作：

給予者（1.28–8.13）

參加者：歐陽山，草明，東平，邵子南，于逢

執筆者：東　平

讀書生活出版社

1938

抗戰的意志

——給予者序

歐陽山

依着老套過生活的中國人做事常常是沒有什麼結果的，發生了而平平過去的事情——即是，即令在做而毫無結果的事情多得很，這種情形必須在這次偉大的三十年代抗戰中給以無情面的批判，並且給以最嚴厲的結束。

在平時，在文學界裏，對於戰爭的預測及戰爭將怎樣影響並規定我們底文學內容的預測，是早就議論紛紛的了。然而結論是微乎其微到接近於沒有。一個口號底確立也經過了一年的瑣屑爭辯，不少人還抱着無知小孩那種即使沒有理由也必得固持己見的兒嬉態度，即使在爭辯已經息止之後也還要悻悻不平地彼此怒目而視，好像我們文學界也得回過頭去過一種老套生活，讓我們底抗戰的偉大的文學事業，像牠在從前經歷着無數的神聖時代而沒有什麼結果一樣地平平過去。

在那些態度並不懇切嚴肅，却有點像七嘴八舌的罵街的爭辯中，使我不能忘記的是徐懋庸先生大意說在抗戰期中文學將趨於死滅而後來又由他自已承認了是錯誤的那種理論。其實他不必過於敏捷地承認錯誤，他底意見正是對文學冷淡者，毫無所知者，以文學做奪取名譽，做懶惰職業者和書賈們底確鑿不移的代表見解。不幸的是懷着這種見解的人數並不爲不多，即使在怎樣堂皇光正的招牌之下從事平常文學活動而且握有「文學權力」的，說過文學和人類生存保持着怎樣重大關係的，一看見書店老板搖頭拒絕，也就覺得文學恐怕眞要趨於死滅了。

東平，草明，邵子南，于逢和我五個人開始就抱着和這完全對立而且毫無妥協可能的看法，上海八·一三抗戰發動以後，我們覺得文學者應該毫不猶豫地參加全國民衆總動員，應該指定以組織和教育工人農民勞苦大衆做他們底基本任務，因爲他們向來替大衆服務而且最能瞭解大衆底痛苦——此外，在中日戰爭的創造環境的努力中，存在着使文學事業底品質提高和飛速進展的最美滿最有利的可能和機會，除了極其必要的工作活動之外，我們不肯誇張「募捐」和「慰勞」是我們最有意義的生活，我們不能承認「開會」和沿途派送大餅是我們最大的歡喜；——雖然我們知道那些事情也必得有人去做才對，但不以爲全部文化工作者只能做出那些事情來。

我們大家不能讓我們底抗戰事業平平過去，同時不能讓我們底抗戰時代的文學事業平平過去；殘酷的，血腥的，像夢想底實現似的客觀現實中發生着的驚天動地的史實在震盪着我們底心情！

實在說，即使在平日，我們文學工作者底責任已經是沉重不過的了。我們有許多工作待完成，又有許多工作待開始，像最近十年來，我們給自己的工作定下了多少目標，——從白話文運動到拉丁化新文字底建立；從個人主義出發的，攻擊封建勢力的爲自由的鬥爭到集體意識的反帝反封建的革命文學底創造；從新文學本身的藝術水準的提高到現實主義文學底大衆化（包括接受文學創作底遺產和對淺薄的通俗趣味主義，卽小市民性的庸俗主義的鬥爭等）；——或依着縱線式的發展，從革命文學，新寫實主義，唯物辯證法的創作方法論諸運動到達社會主義的現實主義和革命的浪漫主義底現階段——民族革命戰爭的大衆文學或國防文學的偉大運動等等，在這中間我們曾經設下了多少目標，而從來沒有積極的工作成績和效果？我們白白定下了多少題目，而從來沒有在那些題目之下寫過文章？難道我們那些運動都是些冗長的空談麼？

配合着中華民族底全面抗戰的新因素，我們文學者被加上了特定的課題和特定的工作，但這新因素並不會改變我們全部的鬥爭歷史底意義而使我們從另一新方向出發，這新因素只是使我們整個中華民族全體得到迅速敏捷的進步，因而也卽是使我們向十年或二十年以來所設立的許多目標能够和平而準確地到達，想使中華民族成爲文明的人類中的健全民族，我們那許多目標必須快步到達；而想戰勝那惡魔的日本帝國主義者，我們必須使中華民族成爲文明的人類中的健全民族！

這是說，一方面我們有了新的任務，一方面舊的任務必須趕快而且盡可能趕快完成。

我們底文學工作者在這一方面眞是落後得很。抗戰的砲聲一響，文學界並沒有像兄弟和兄弟似地緊緊地在一起構成一個强大的陣地，却現出了極其可哀的零落散亂的現象，平日接近的一羣兩羣這時都變成了小小的派系，在這些派系中談論着如何獲得合法的公開地位，如何集合並發動自己的「羣衆」，如何弄到現金接濟，如何籌辦一個最爲出色的刊物，——那空氣好像有誰在上海成立一個獨立的王國，這些人就是籌備登基的大臣，連工作情形和私人住址也成爲秘密的東西了。

「把全上海的文學工作者底認識和工作統一起來吧，——或者最低限度，大家要是回到內地的城市農村去工作，也先在一種龐大的組織裏面集中起來，聯絡起來吧！……」

我曾經這樣無望地向所有的朋友呼喊過，但是毫無結果，我相信只要大家能夠脫出小派系的圍困，坦白地，互相信賴地解決一切今後文學活動的困難問題並非不可能的事。然而在八．一三以後的一個月中，一個小小的派系能夠解決生活恐慌，名譽恐慌，勢力恐慌以至整個文學生命底恐慌，誰也不願脫出牠，於是大家連動身日期和目的地也來不及互相通知，逃難似的逃出上海「作鳥獸散」了！

現在，邵子南在華北，東平在華中，子逢，草明和我在華南，我們自然也做「鳥獸散」，雖然我們彼此還在互通消息，還在互相關心彼此的工作。——然而在當時，我們實在憤懣得很。上海抗戰的局面確立以後，我們就被擯在各種神秘的派系之外，連能夠暢談的朋友也不可多得，這還沒有什麼，寂寞一點就是了。沉悶的是在全國讀者最需要出版物的時候，偏偏什麼出版物都停掉了，一方面想做民衆運動的工作又不被許可，好似被關在租界的鐵籠子裏乾巴巴地望着籠外的炸彈在無恥地轟炸。

東平夫婦，草明和我，還有我們兩家的三個女兒同住在一個不滿五十方尺的前樓裏，地方狹小得很，擺好板牀已經沒有地方走路，在屋子中央張掛半幅布簾子做洗澡的地方，——邵子南和于逢兩個無家可歸的朋友，來吃飯的時候就更加擠得滿滿的。我們不容易吃肉，常常吃大量的毛豆和南瓜。我們無事可做，然而老是精神飽滿地生活着。我們在不能讓這回的民族抗戰發生了而平平過去，在使抗戰的文學事業迅速而强力地展開，在獻身組織和教育那些落後的工農大衆做抗戰的中堅隊伍，在使全國人民獲得應有的飛速的進步，在服役於新的全面抗戰的文學崗位的任務而同時迅速地完成十年來的文學運動未完成的諸課題——這許多問題的談論上意見完全一致。我們不肯讓自己妥協在募捐，慰勞，開會，救濟難民，和名人交際，那些消極的無實際效果的應時工作裏，——雖然我們自已有時也不能不在做着。於是想到寫一本小書。

有一件事使我們異常痛心。工人農民勞苦大衆（也即是兵士們）已經擧起槍桿防衛他們底祖國了，他們已經停止了階級鬬爭的進軍掉轉槍口向着他們底民族敵人了，新的人類誕生了，新的英雄誕生了！然而我們底文學工作者落後得似乎對這新民族底誕生毫無所知。對以英勇的戰士底新姿態出現在東亞戰場上的武裝工農大衆底可歌可泣的史蹟毫無所知。對放棄被殘害者被損辱者底仇恨，原宥不義的民族兄弟，擱開世世代代所忍受的無期痛楚不談的工農大衆底偉大人格毫無所知。這是什麼原故呢？這是應該的，不足驚訝的事情麼？於是決心非寫一本小書不可。

這時候，我們已經分明有着手給予者這代表我們對於現實的理解和試要鑄造典型人物黃伯祥的集體創作的要求了。不過這瑣屑的情形還是擱開不說吧。我想要補述的是當時碰見的一件小事，——一位女的大學教授S先生，名字不必細說了，把她底一小部份私蓄捐給政府。她底錢是寄交一家報館代收的，報館把這件事當做一篇愛國新聞稿件發表出來，還勸大家拿她做榜樣。這位女榜樣實在是買了一宗便宜貨去的，所費不多而得到的名聲和尊敬却很大。但是她還不肯干休，沒隔幾天，那家報紙又有了關於她的記載了。這回的文件是一共三種：第一是她底更正信，說她第一次的捐款沒有報上所載的那麼多，這本是她對國家的一點小意思，過於張揚或把捐款數目說多了反使她極感不安；第二，她在不安之餘索性再捐一點，報館又將她第二次所捐的若干兩金飾，折合國幣若干數目登出；第三是報館底道歉和代表國家向她致奉更高的敬意，報館自承一時疏忽，使愛國者深感不安的罪過，其次就對她索性更加有意地大吹大擂。這件事曾經盡了給予者催生的責任。我認為那女的大學教授是在用金錢購買勳章，同時使全國民眾為她而抗戰，理由因為在戰前誰也不知道她是主張抵抗還是主張妥協的，而且看她平時的言論，她實在極力反對國共合作，罵魯迅先生是亂黨和漢奸。她好像不是在把金錢交給國家，卻在向國家討索名譽。其實有錢的人拋點腰包算得什麼呢，——這和給予者裏面的黃伯祥就恰恰相反，我們底主人公是用了自己的全生命保護祖國，而什麼東西也沒有收受的。一個是乞討者，一個是給予者。

那麽，這位「給予者」黃伯祥是怎樣一個英雄，和爲了什麽，根據什麽而產生的呢？是的，我們有使讀者明瞭這些的必要。但是除了請求讀者好好地細心把原文讀過一遍之外，我在這里只要簡單地回答：

「他是代表抗戰的意志出現的」就够了！

文學本來就是提高人類的生活意志的一種高度的精神活動——這是異常顯明的。什麽地方有人類，那地方就有種種不同的生活——搾取的，被搾取的，那地方也就存在着眞實的痛苦。文學是永遠和這些痛苦對抗的，文學激發了人類更大的活力，使人們對於生活更有自信。除此以外，一切只能使人明瞭某事物底眞相，或動人憐憫，或使人笑，或使人下淚的作品，在基本的意義說，都不能算最優秀的文學。

今天，日本帝國主義者底陰謀搾取變成了鮮明的掠奪。我們底鬥爭也變成了鮮明的抗戰，事實上不容不把表現並提高抗戰的意志的文學工作當做第一義的工作。

文學曾經反抗黑暗的僧侶統治，貴族統治，曾經反抗歐洲的封建暴君和慘無人道的地主資本家，今天，牠也必然會幫助我們反抗日本帝國主義中至和日本帝國主義一鼻孔出氣的德意法西斯狂漢們，中國漢奸，和托洛斯基派惡徒們，是毫無疑問的事。牠也能歌詠中國英雄們底悲壯犧牲，艱辛戰鬥，和勝利底喜悅；——因爲如此，文學能够普遍地提高每一個中國人底抗戰意志，使我們在困苦的程途中爭取最後的勝利！

八月間，我們對於日本帝國主義者底陰謀仍然覺得很不放心，憑過去的經驗，我們非常瞭解日本那種表面親善而實際吞蝕中國的手段眞是毒辣得很。我們熱望我們底敵人不要閃閃躲躲，站到明處來，好讓我們全中華民族和日本侵略軍閥痛痛快快地做一場最後的決鬥。現在我們達到了我們底希望了，敵人露出惡魔底原形站在中華民族中間了。在東西北三方面的戰場裏，敵人已經落在我們底陷阱中，我們全國的鬥士已經用一個大鐵環將敵人團團圍住，今後我們底天然任務只是怎樣告訴日本底覺悟軍士不要爲了他們底軍閥底野心而枉送性命，只是怎樣去消滅那些不肯屈服的頑固敵人！

爲了担當這最後一擊的民族解放的重大任務，我們五個人貢獻了我們最週密的觀察和最完善的思索來創造了給予者底靈魂黃伯祥。我們底觀察和思索是有限的，但是我們底熱情却無限。尤其最令人感到光明和幸福的，是把我們底人物黃伯祥當做胎兒懷在腹中的執筆者東平那種熱烈底感情，低徊不已的神氣，被烈火所燃燒的焦灼不寧，以及和莊嚴的喜悅交戰的困惑和痛苦，人在受着最大的感動的時候等於受着最大的委託和最大的試驗，是旣驕傲又痛苦的。在我們五個人爲了其他的寫作上的若干問題爭鬧爭辯的間歇的片刻寂靜中，我瞭解他而且希望他也能够瞭解我對他的尊敬。

黃伯祥是半工人半兵士性格的混合型。他是否「純粹」的無產階級，或者他祖先是否廣東的野蠻農民，我想誰也沒有追究的必要了，我們之所以嘗試以他做我們全民族抗戰意志底標竿，是根據着至少如下的三種理由的：

第一、他是兵士，是在戰場上正面和敵人戰鬥的人物，也是抗戰的意志最尖端最直接的代表；而且，——將來每個中國人都有在戰場上和敵人正面作戰的必要，第二、他是工人，是帶來了十年以來的階級鬥爭的堅决意志和豐富經驗的無產者羣衆之一，雖然他不是紅軍，但在作爲整個無產階級鬥爭看的廣大社會階層的各種形態的鬥爭之中，他是一個老前輩的戰士。第三、全面抗戰發動以後，老爺少爺小姐太太都參加到戰爭裡面來了，——文學方面，歌頌老爺太太底戰蹟的雖然還不多，而歌頌革命的少爺小姐——年輕的民族英雄和傷感的抗日美人的，卻已經不能算少。自然，只要抗日，是任何人都該歌頌的，不過不應該漏掉在前線苦戰，——而且是長期鬥爭過來的老前輩。……

結束以上這許多簡單的意見，我這樣想：

文學和文學者底任務是重大而艱難的，文學必須提高人類的生活意志，反抗一切黑暗勢力——尤其當人類被捲進一方面是無恥的侵略，一方面是神聖的拒絕的戰爭當中的時候。文學者執行這種光榮的任務，充份的認識全部鬥爭底歷史，決心結束那老套的，悠悠終日的，讓什麼事情都平平過去的生活，而以無私的事業心籠罩一切行動，是必要的條件。我們五個人和一本小書，實在算不得什麼。但想大家都認識只有「給予者」底精神才能保證我們中華民族底最後勝利的企圖却也不是沒有的。

一九三七年十二月三日，在廣州。

給予者

目次

1

給予者

對於日本帝國主義，他是一個給予者。他並不向日本狂暴的侵略瘋狗要求什麼，也沒有從他們那里接受了什麼；反而是當他們向他乞索的時候，他給予了。他給予他們一個使全世界驚悚的戰爭。

對於他的兄弟們，他也是一個給予者。他不曾應用一切方法使戰爭只爲自己所有，因爲他自己本身就是戰爭。他沒有支付金錢，憐憫，和誇張，可笑的辭令：他支付了他的生命。

1　卡車的駕駛者

黃伯祥，那灰暗，沈鬱的廣東人像一個竊賊似的默默地躲在那最前頭的一架卡車里。當特務排的排長還未曾了解他是一個卡車的駕駛者之前，他對於特務排的排長是一個異樣，有趣，然而不大妥當的人物。

特務排的排長用一枝强烈的手電把黃伯祥搜尋了出來，他突着那肥大，臃腫的肚子站立在黃伯祥的面前，像告訴黃伯祥他剛才正受了一陣意外的驚嚇似的低扼着聲音，而且左右顧盼着說，

——我看你還沒有能力駛動這架車，——喂，兄弟，怎麼樣？你這樣子不是對我開玩笑嗎？你的身上有槍沒有？

——沒有。黃伯祥如實地回答。

——那麼，你不是一個便衣隊了？我以為你是一個便衣隊呢！

說着，他深深地歎了一口氣，隨卽把黃伯祥擱開不管，走到黑越越的竹林下那邊去了。

在漆黑的天色里，司令部門口的石灰町像河水一樣的浮幻而發白。風在左邊的竹林吹過，發出一種憂鬱，沈澱，近似歎息的聲音。——特務排的排長在寒冷中歛束着自己，貓一樣的隱匿了脚步的聲音，他這樣的對那站立在司令部門口向着茫然的夜色發呆的中尉副官說，

——我打算當我們開走之後，就炸燬這座小石橋，你想怎樣呢？當敵軍追擊我們的時候，這小石橋對于他們是很有利的，……

說着，他不斷的變換着自己站立的方面，彷彿中尉副官對于那小石橋的印象還是蒙糊得很，甚至連它的位置和名稱都不知道，而特務排的排長却頗願意盡他所知道的把這些蒙胡不淸的東西都加以證實似的，……

特務排的排長于是沈重地撓了撓他的巨大的肩膀，用力過度似的劇烈地喘息

着，——這是一種有毒的富于傳染作用的喘息，它傳染給兩個裝運砲彈的伕子，叫他們也一樣的喘息着。

——現在，輪到我來當這個特務排的排長了，——他繼續對中尉副官這樣說；我知道這是一件不祥的事，你不曉得我們的村子叫水溜口？水溜口這村子會出一個排長確是一種意外。哈哈，你這傻子，我用一千五百塊還買不到一座像你這樣好的聽音機咧！哈哈！

誰都知道，中尉副官在司令部里是最忙亂的角色，他要管轄馬伕，檢查馬匹，押車，分配滿山滿谷的慰勞品，……這樣的忙亂叫他像一隻發暈的蜻蜓似的在司令部的門口停歇下來，——他顯然有乘機偷懶，逃避工作的企圖，而特務排的排長，湊巧得很，幾乎是有意于破壞他這種企圖而來的，因此使他失去了僅有的片刻的安寧。

這時候，從吳淞方面响出的砲聲，帶着難以忍耐的孕育的痛苦，掙扎着，抽搐着，沈重地震撼着上空，散佈在卡車旁邊的五個特務排的兵士像馬一樣高舉着頸頰，——砲聲又响了，砲彈在空中飛過，彷彿有無數隻夜梟追逐在它的背後，激發而騷動，使發出來的聲音久久不歇地震盪着四遠。

兩個伕子，四個伕子，六個伕子，……喘息着，他們像可怖的流魂似的使司令部門口寧靜的空氣突起波瀾，沈重的砲彈箱，蔴繩和人的臂膊緊張地糾結着，搏鬥似的發出嚴重而矜持的聲音，——特務排的排長沿着小河流的岸畔一步一步的走，有意地把自己隱藏在更遠更黑的地方，隨又掉轉回來，找一個對手發出了責罵或詢問，彷彿不忍離去的爸爸對他的兒子叮囑了又叮囑，叮嚀了又叮嚀似的。

現在，五輛卡車都裝得滿滿的了。中尉副官，這又是另外的一個，他發出連串，碎什的湖南話，像發瘋了似的唾罵着，負氣地扳動着卡車的門板，叫特務排的兵士悉數更換在卡車里乘坐的位置，最後他竟然吹起了哨子，非常激動地幾乎是發誓一樣的尖叫着，

——好了，你們走吧！寶貝！「我的英勇的戰士們」——！當身中子彈的時候要把腰帶拉緊些，要寶惜自己，鄭重自己，那麼，……走吧！

他像訣別他最親愛的親人似的悲痛地揮着手。

五架卡車一起出動了。從司令部的門口走過了西邊的小石橋，卡車像從敵人的手里劫掠過來的馬似的狂暴地跳躍着，盡可能利用和路上的洞隙，石子相抵觸的一煞那作爲洩憤的機會，吼叫着，咆哮着。黃伯祥所駕駛的一架車走在他們的最前頭。當車過大場車站的時候，他發覺他的車缺少一點水，因而停了下來，讓其餘的四架都走在他的前頭。

和黃伯祥同坐的一個特務排的兵士忿忿地從卡車上跳下來，彷彿苦苦地蓄積了很久，已經再也不能忍耐一樣的對黃伯祥發出這樣的警告，

——你是那里來的傢伙？我看你的樣子不像一個車伕，你到底是吃什麼飯的？你剛才不知道這架車沒有水麼？

黃伯祥手里拿着一個漏斗，他茫然地躊躇起來，無法決斷一般的說，

——實在可惜，這架車是壞的，水裝上去一下子又沒有了。兄弟，如果這架車在下半夜三點才到達嘉定的話，會不會誤了你的公事呢？那麼你剛才是自己弄錯了，你應該乘最後的那架車，如果你早點問我，我一定告訴你，確實是這樣，只有最後的那架車是跑得最快的，連第二架也不行，第二架已經壞了一個輪子。

說着，黃伯祥冷靜地思索了好一會，他又對那發脾氣的兵士鄭重聲明，他也許在路上能夠弄得一架全未受過損壞的車，如果是必要的話。

就這樣，黃伯祥站在一邊，對兵士說出了一位朋友的名字，這位朋友也是一個開車的，是黃伯祥在虹口的一個修理汽車的工場里做工時候的一位伙計，黃伯祥知道他駕駛了一輛新車到小南翔方面去，等一等他回來的時候也許能夠在路上碰見他。

——還有一個法子，——黃伯祥繼着說；就是把車上的軍用品搬一半下來，叫

別的兩個弟兄在這里看守，車上減少了重量，只消四十分鐘就可以到達嘉定了。

兵士很驚異，他覺得自己忿怒而他的對手並不忿怒，是他的對手的一種無理的，含有敵意的德性上的奢侈，——他于是不聲不响地像解除敵人的武裝似的奪下了黃伯祥手里的漏斗，然後暴烈地揮起了脚尖，嚴重地把黃伯祥懲戒了一頓。

黃伯祥非常懊悔，他化了十分鐘的時間才找出了他的漏斗，漏斗又給毀壞了。——其餘的兩個兵士也從車上跳下來了，一個是廣東人，他和氣地交給黃伯祥一個很大的漱口盅，叫黃伯祥把裝水的事做得快些，他這樣的對黃伯祥解釋着，

——老百姓如果要和軍隊合作，却又不懂軍隊的規矩，是免不了要吃虧的，……

夜更加深黑，爲了防禦空襲，卡車的眼燈緊閉着。發脾氣的兵士頻頻的叫黃伯祥開足馬力，對黃伯祥叱罵，好幾次要從黃伯祥的手里奪下駕駛的輪盤，但是黃伯祥嚴重地抗拒他，決不讓他的指頭在那輪盤上觸摸一下，因爲一不小心，整個卡車有翻進河浜里去的危險，而當那卡車走了好幾里遠，漏完了他的水，又不能不在路邊停

歇下來的當兒，爲了滿足發脾氣的兵士當提高他的不可侵犯的威力時候所不能放鬆的要求，黃伯祥忍耐着，任由他在身上大發雷霆，……

黃伯祥對這位兵士懷下了深深的敵意，他好幾次想設一點法子叫他吃些苦頭，如果他不服氣，他甚至願意耗盡了所有的力氣和他決鬥。

——讓我發洩發洩吧，他每一次不能扼制自己的忿怒的時候，總是在心里這樣說；爲什麼我連發洩的機會都沒有？爲什麼一切的人都成了我的仇敵，而我總是沒有能力幹掉他們？………

一個忠于自己的職務的人當發覺自己努力的結果不過得到一匹馬或一條狗的位置的時候，他將變成了怎樣的一個人，誰都難以預料。

二十分鐘之後，漆黑的天空突然放射了一道强烈的光燄，像一陣迅急的驟雨似的在卡車的背後追逐着，——遠處的樹林像突然落在白天里一樣的顯出了簇簇的迎風飛舞的細枝，卡車後面的塵土呈出了金黃色，一陣陣在低空里冒湧着。

和黃伯祥同坐的兵士突然奇怪地笑了，他作着牛犢一樣的愚蠢的聲音，用嘴巴附着黃伯祥的耳朵說，

——兄弟，請你煞煞車吧！

卡車停止了。

車上的人一齊跳下來。發脾氣的兵士和其餘的兩個一同躲在路旁的電桿下，高擧着槍向那繞着光餤飛行的怪物射擊，——空中的敵人在漆黑的夜色里隱匿了，卡車重又開行。一分鐘之後，卡車依然落在敵人的鷹眼的視綫里，讓那强烈的光餤籠罩着。和黃伯祥同坐的兵士頑强地吩咐黃伯祥繼續把車開行，不過要開得更快些，不要再停下來。卡車於是和敵人的飛機賽跑起來了，飛機用比卡車快十倍的速率掠過了低空，遠遠地突過了卡車的前面，掉轉頭，退回了卡車的後方，隨又按照着車路的直綫遠遠地拋擲到卡車的前面去。從飛機上發出的機槍子彈，像流水似的直注入卡車的里面。坐在後面的兩個兵士因爲中彈而發出了呻吟。和黃伯祥同坐的兵士非

常悲慌，他顫抖着嗓子，對黃伯祥重覆不斷的問，

——兄弟，你知道嗎？他們還想不想對我們開槍呢？還想不想對我們扔炸彈呢？

——喔，是的吧？要開槍的吧？要扔炸彈的吧？——黃伯祥冷冷地回答。

過了一會，兵士朋友竟然用悲慘的音調對黃伯祥發出這樣的要求，

——兄弟，盡速地把車開走吧！

黃伯祥毫無條件的答應了他。卡車於是在敵機的壓迫下威猛地吼叫起來，它發揮了比前加强三分之一的速率。但是十分鐘之後，它已經漏完了所有的水，只好停了下來。

這時候，黃伯祥非常驚異，兵士朋友突然倒下去了，他用盡了全力重重地把腦袋撞擊在黃伯祥的身上，黃伯祥幾乎也要跟着滾出了車外。

他用電筒檢查那兵士朋友身上的槍傷，發覺他的顳顬骨已經穿了一個洞，血在

上面不住的湧着，而後面的兩個兵士是早就在血泊里躺着了。

2 少尉服務員

天色變得明朗起來，無數的星兒出現了，寒冷卻是更加往下面沉澱着。猛烈的砲聲像春雷似的震響着上空，發出威武，神聖的斷聲，彷彿帶下了迅急的命令，從最初的第一顆砲彈起就決定了「吳越平原」的運命：上海，吳淞乃至瀏河一帶地區的淪陷將成爲不可挽回的事實。砲聲發出的方向紛亂至不能辨別，——吳淞？瀏河？誰也弄不清楚。不過從嘉定聽來已經漸漸的近了，每一次沉重的砲聲一響，嘉定車站的玻璃窗總是劇烈地起着顫動。而閘北方面的直衝天幕的煙火，卻還能夠隱隱地望見着。

從吳淞，江灣，閘北全綫退出的隊伍，大都向小南翔方面開走了。嘉定方面，有最後從吳淞退出的一五六旅全旅和六十一師一小部份的隊伍在停留着。無數的兵士和伕子在嘉定車站像一窩工蜂似的結集着。馬匹，砲彈箱，無人使用的槍械，鐵鏟和鍬子，散亂地一堆堆的拋擲着。疲憊的兵士沉默地用一種困苦，遲鈍的動作繼續他們的勞役；以代替副官長發命令爲專務的服務員叫出的聲音也變成沙啞的了。——黃伯祥像一隻駱駝似的曲着背脊，從他的卡車里一個一個的卸下了三個特務排的兵士的尸體，他用沉重而痛苦的音調像一個上官似的對那一堆堆阻塞在前面的人羣怒喝着，

——蠢貨們呀，給我滾！給我遠遠的滾開去吧！

在兵士們的瘋狂的隊伍中，作爲一個人民的黃伯祥也開始了他的瘋狂。他擺動着那巨大，闊板的身體，過度地向前面傾斜着高大的上身，簸顛地，踉蹌地，像受傷了一樣的越過了爲炸彈所擊毀的崎嶇不平的街道。在衙門外的司令部臨時設立的倉庫里，黃伯祥碰見了一個奇怪的少尉服務員。

那少尉服務員是一個壯健，矯捷的中年人，他穿着一對女人的綠色拖鞋，尖而漂亮的面孔，貝殼一樣的發白而有光澤。像一個慣于浪費唇舌的商人，膚淺而有自

信。他低聲地，懇切地對黃伯祥詢問着前方的情形，黃伯祥如實地回答他，現在上海全線都撤退了。

——眞糟！漂亮的少尉服務員突然表示了自已大大的悔恨；中國軍無論如何是不能打勝日本的，這一點我老早就看得清清楚楚，用中國的軍隊去對抗日本是一件最愚蠢的事情；所以我決不想在軍隊里鬼混。我是錯聽了一位親戚的話然後才走進軍隊來的，這是我最大的錯誤。我打算到北平去入大學，大學畢業之後，我一定進報館去當一個新聞記者。不過我這個新聞記者對於中國的軍隊是沒有好感的，我要盡可能揭發中國軍隊爲什麼不能打勝日本的諸種原因，而主要的是使全國的人們都厭惡這種失敗的軍隊生活，就是在軍隊中服務的也要決然離開，像我一樣的去幹別的更有成效的事情！…… ……

黃伯祥爲着使自已更能夠了解少尉服務員的意思而保持了很深的沉默，他的灰暗，沉鬱的影子和少尉服務員的嚴肅而矜持的表情完全一致，——他於是困惑地歎息着，非常激動地告訴少尉服務員，和他同車的三個特務排的兵士如何慘遭日本飛機襲擊的情形。

末後，黃伯蒓要求少尉服務員，當他的職務完畢之後，介紹他到七十八師師部去，那邊有他的朋友，也是一位卡車的駕駛員。

他得到了少尉服務員的允許。

3　黃伯祥的朋友

黃伯祥的朋友高華素，和黃伯祥一樣是廣東人。他是一個在來往於香港與美洲之間的大輪船上供職，當歐戰的時候因爲私運軍火而發財，後來沒落了的海員的兒子，——他的身體比黃伯祥還要壯健，高大；有着一種暴烈而難以扼制的性格，富於果敢和機智。他的過度敏感的思慮常常取消了自己一切的打算；有時候他是黃伯祥的一個正確，可靠的保護者，但是有時候他要把自己和黃伯祥兩人之間累積着的秘密破壞無存，使黃伯祥再也不能承認他是自己的朋友而陷於孤獨。

一·二八戰爭爆發後的第二天的晚上，黃伯祥聽從了另一個朋友的勸告而決定了離開虹口的工場，向中國軍的陣地逃走的主意。

他偷偷地對高華素這樣說，

——走吧！兄弟，光做一個開車佬是沒有希望的，如果把卡車拋掉了怎樣呢？

老實說，我很想到部隊里去當兵去。

——不必討論，高華素堅決地說；如果要走，就在這時候走吧！幾大幾大（要來的事怎樣大都由它吧）！猶豫不决的不是男子！

但是黃伯祥在這個决定中有着他更多的內容。黃伯祥在說一聲「走」的時候必須連帶着想起他的家，他有年老的雙親，弟弟，老婆和一個不滿七歲的女孩子；他不比高華素那樣乾脆，高華素是一個什麼都沒有的單身漢。

但是他終於和高華素一道走了。

黃伯祥的另一位朋友，患了不能治愈的肺病的瘦鬼，他有一個奇異的健全的腦子，他要洞察一切，了解一切。為了知道的東西太多，常常使他的身體像一個倒空了的蔴袋似的陷於可憐的疲乏。………他神秘地教導了黃伯祥在戰地上所必具的智識，而且指示了黃伯祥當到達預定的地點之後如何加入部隊里去服務的途徑。

在七十八師司令部里，高華素非常厭惡那卡車駕駛員的職務，——他變得很瘦，尖尖的下顎長着凌亂的鬍子，一副牙齒像給石頭擊碎了頭顱的老鼠似的顯得破碎而爆裂，鼻子又低又小，頭髮長得像一個囚犯，他衰喪，疲乏，然而非常激動地對黃伯祥這樣說，

——來吧！來吧！到這邊來吧！我們不曾看見自己用刺刀殺死一個日本人，但是我們所做的事比用刺刀殺死一個日本人更有意義些，這句話是對的，——對的！……但是我卻不想這樣幹了！中國軍有時候是蟑螂，他們的眼睛直望着日本軍的陣地，行動起來卻是橫的，偏斜的，有時候呢，是一隻烏龜，——和他們相比，十九路軍是不退縮，不偏斜的一枝箭。兄弟，認清楚吧，是一枝箭！我們要做箭，我們要加入十九路軍！

他一面說，一面瘋狂地拉着黃伯祥的手，在許多散兵的隊伍中磕磕撞撞，——崑山城的用碎小的石子砌成的街道，汚穢而狹窄，這一邊的屋簷和那一邊的屋簷幾乎要啣接着。有時那石子砌成的街道像蛇的背脊似的突然高起，在上面走過的兵士們

彷彿立足不牢似的向街道的兩邊傾斜着，簸顛着，時而緊緊地集攏起來，時而鬆懈地散了開去。黃伯祥顯得萎縮而胆怯，高華素的手一揮動，他幾乎爲了驚惶而發出顫抖。

——走吧！走吧！高華素繼着說；爲什麼老是當一個開車佬呢？你不說過的嗎？光做一個開車佬是沒有用的！我們不能老是做一輛卡車的附屬品！

黃伯祥的面孔疲乏地泛着淺綠，他完全陷於被動的位置，他回答的聲音很蒙胡，幾乎是自言自語，彷彿高華素在是嚴厲地斥責他，而他是在苦苦地追悔着，剛才正做了一件大不了的錯事似的。

高華素帶黃伯祥走進一間館子里去，請黃伯祥吃鷄，喝酒。他反覆地查問黃伯祥在軍隊中幹出了些什麼，對國家民族貢獻了些什麼，——他的驕倨，誇大，自以爲是的態度常常使黃伯祥離開了嘴里所談論的一切而發出了大大的忿怒。

黃伯祥扼制了所有的怒火，平心靜氣地對高華素這樣說，

——對于我自己所做的事，我始終未曾忽略過。我知道自己是怎樣的一個人。一五六旅司令部的副官長對我說，「舅子，開車吧！」這樣我把車開走了；除了開車，我不會做出別的更好的事來，——但是我已經下了更大的决心，我的意思和你的完全一樣，我很早就對你說過了，我願意當一個兵！

黃伯祥想起了許多瑣什，瑣碎的事，像給人在背上猛擊了一拳似的痛苦而衰頹，他時時感覺到自己是一顆暴烈的炸彈，如果一撒手，這炸彈有隨時爆發的可能，但是他所顯示給別人的是一副灰暗，沉鬱的臉相，當他在人家的面前走過的時候，他的樣子只能引起他們的厭惡和忿怒。他走路的時候，頭是低垂的，一副巨粗的肩膀沉重地和四週的空氣起着搏擊，默然地彷彿表示着自己力乏而毀敗的悲哀。

晚上，黃伯祥和許多伕子一起，在一間很小的民房里歇息下來。有一個又胖又矮的中尉副官走來了，他快活地，陽氣十足地閃着一對老鼠一樣細小而尖銳的眼睛，笑着，跳着，莫圖着當他還沒有走近門口之前就叫人知道他做的是怎麼一回事。他抓到了一個女人，一個年約三十五光景，瘦弱，臉孔的輪廓並不是不漂亮，然而在左頰上像宣布了死刑似的無可挽回地長了一個有毛的難看的黑青疤的女人，用肥胖的頸沉重地緊壓在她的瘦弱得幾乎高拱起來的脊樑上面，不時的從她的側邊伸出了一隻粗糙的手猛擊在她的臉上，叫她那又尖又小的青色的鼻子像要從她的臉上脫落下來似的發出顫抖，同時又揮起脚尖踢她的屁股，而他的笑，跳，永遠繼續着。

他發出了蝙蝠一樣的怪異的聲音這樣唱，

——春景呀向天，

鑼鼓晌叮當，

江山早收場，

小卒，王孫呀公主，

江山呀——早——收——場，

……………

這刺耳的亂暴的嘈聲使黃伯祥像大病方愈似的感到衰弱而乏力，他用着原來的姿態坐在一塊黑色的四方木上，不說不動，有時候他的灰暗，沉鬱的面孔突然地非常緊張，至於幾乎要對那中尉副官發出嚴厲的警告，——整個的房子都快活起來了，懸掛在壁上的馬燈怪異地使發出的光亮變成緋紅，照紅了許多伕子的臉，像喝醉了酒一樣。

中尉副官撤了手，黑靑疤的女人立即倒在一個伕子的身上，那是一個高大，壯健的漳州人，尖的額頭，兩眼離得很開，幾乎和兩邊的耳朵相連接，他突然像發瘋了似的用一種非常凄苦的聲音號哭起來，不錯，號哭，除了號哭再沒有能夠發洩他的快活的了。他緊摟着她的細腰，痛惜而悔恨，像母親對着死去的兒子的尸身，要喚醒他，時而重重地敲擊他的頭顱，用痛苦叫他追回失色的靈魂，失去的智能和記憶，——而怪異的是那黑靑疤的女人也快活地號哭着，不，快活地大笑着，………

中尉副官于是嚴厲地發下了他的命令，

——好了！你這個潭州伕好了！現在要交給宋文郁，宋文郁吻她吧！吻她的手，她的膝頭都可以，……

宋文郁是一個學生出身的爲了犯錯誤而撤差，現在降爲伕子的馬弁。他年輕而漂亮，壯健矯撓的身材，恰像操場上所常見的活潑，英武的敎官。他極力地歛束着身體，像一隻蝿虎似的對着那女人的半腰猛撲下去，兩個肩胛骨像鴿子的翅膀似的異樣地發出顫抖。

以後是張法和楊學林，……

輪到了黃伯祥的時候，中尉副官突然地冷靜下來，像一隻狗似的扼低着脊樑，向天的鼻孔爲了發現新的異樣的臭味而聳動着，他這樣獰惡地走近了黃伯祥的身邊，閃着兩隻毒辣的細小的眼睛，叫着，

——站起來！舉手！——

接着冷冷地笑了笑，……

但是他突然地怒吼起來了。

——滾蛋！滾蛋！——懂麼？懂得這滾蛋二字麼？……滾！——滾！——

黃伯祥像一隻駱駝似的遲鈍地笨重地站立起來，闊大的上身在空中搖搖不定的擺動着。

——我是一個開車的。他冷靜地說。

——什麼？開車的？爲什麼開到我這邊來？哈哈，那眞奇怪了！你認得老子，老子卻還未認得你呀！……滾蛋！——滾！——滾！——

他一面這樣叫，一面像讓人殺死了他的父親一樣的暴跳着。

整個房子都靜默下來了，——馬燈暈濛的亮光照在黃伯祥的緊張，痙攣，起着疙瘩，然而非常慘白的臉上，他爲了要把所有暴脹起來的怒火都倒吞在肚子里，眼睛，面孔的神情完全變了，鼻子低平了下去，上顎顯得很突出，像狼一樣。

高華素走來了，他壯健地站在黃伯祥和中尉副官的中間，揮着手，叫那黑靑疤的女人走。

——來吧！來吧！他痛苦地把堅硬得像石打一樣的頸項扭動着，用銳利的目光居高臨下地俯瞰着那胖得可笑，矮得可笑的中尉副官的靈魂；我高華素是誰都認得的，誰都認得我是高華素，來吧！來吧！副官大人有什麼見教請來吧！

黑青疤的女人像一個可怕的幻影似的消失在門外的黑暗里面。矮而肥胖的中尉副官嫩弱地，像吃了重重地一棒的狗似的從腸肚里哼出了一種顫抖的變態的叫聲，詈罵着，怨恨着，走了，走到他的聲音再不會令人聽見的地方去。

黃伯祥常常對高華素這樣說，

——如果我一旦變成了一個戰鬥兵，老高，那是多够味兒的呢！有了槍在手上，對這些專橫跋扈的軍棍們就用不着客氣了！

——是的，高華素說；只要是一個正式的戰鬥兵，那麼除了上面直屬的官長之外，誰還能够動一動他呢！

有時，黃伯祥突然紅了臉，他很不好意思地提出了這樣的一個問題，

——如果我當了兵，我是不是還能夠回到家里去呢？……家里，我知道，我的母親，老婆是等着我回去的，……

高華素非常傲慢地緊閉着嘴，他抬起頭來，望着屋瓦，雙眼可怕地發白，這樣苦苦地思索了好半天之後才回答說，

——有什麼呢？兄弟，有什麼呢？當兵就當了，算了，喂，怎麼樣？這總不是怎麼大不了的事！

黃伯祥覺得很有安慰，——這是他們碰到那黑青疤的女人好幾天後的事，爲了總退却的時候在前線失去的卡車太多，沒有車好開了，現在黃伯祥和高華素都給降入伕子的羣中，和所有的伕子一無二樣，用肩膀在搬運那山樣堆積着，永遠搬運不完的慰勞品。他們兩人的身體都變得像叫化子似的又髒又瘦，身上的單衣也破爛了。——天空低壓而發白，鹽一樣的結成碎點的微雨在空中飃散着，從粮服部到小

河邊去的一條破爛而充滿汚泥的小街，在人們的踐踏下彷彿患了不能治愈的疾病似的歎息着，啜泣着。當他們一度在木船上卸完了貨物，又從那街上走回來的時候，在冷汗和寒風的侵襲之下，黃伯祥再也不能抵當得住似的顫抖起來了，他直竪着那長長的頭髮，劇烈地交戰着牙齒。

——如果我一旦變成了一個戰鬥兵，他說；老高，那是多够味兒的呢！有了槍在手上，也不會沒有勇氣，在火線上衝鋒，就是下雪也不見得會怎麼冷，……

——是的，高華素說；在今日，已經是一致對外，爭取國家民族獨立自由的時候，做一個戰鬥兵，就是戰死了倒在溝渠邊，也比較貴重些。

黃伯祥沈默了半晌，他突然又紅了臉。

——不過，如果我當了兵，我是不是還能够回到家里去呢？……

高華素詭譎地眨了眨眼，他回答得更空洞，更糊塗。黃伯祥却從此更堅定了起來，他獲得了更多的安慰。

4 不幸的事件

黃伯祥補上了一個兵，是在一九三二年的夏天，那正是十九路軍將要離開江蘇，向福建方面開拔的時候。高華素幷沒有依照他所說的話去做；他和黃伯祥同樣希望自己會當一個正式的戰鬥兵，但是當上海停戰協定訂立之後，他開始對上海懷下了新的夢想。他終于又走回上海去了。

高華素從上海寄給黃伯祥的信這樣寫着，

——親愛的伯祥同志，還未回來上海的時候，我以爲上海已經毀滅了，現在覺得她又繁榮起來，情景和一·二八之前沒有兩樣，可惜我們的老板死了，是給日本鬼殺死的，他年紀老了，肝火又盛，死了也不壞，我有我自己的計劃，我決不是活在那邊，就死在那邊的一個人。你的老婆和孩子都見過了，他們不知從那里弄得了一點資本，在唐山路，兆豐路口開了一間什貨店子，女人也有自己的計劃，在你想來大概是不會奇怪的。你的母親還健在，她很迫切的叫你回來。你的弟弟也碰到過，他脾氣太壞了，已經交上了不少的野男女，我看他是沒有什麼好結果的，……

高華素所傳來的關于黃伯祥的妻子的消息使黃伯祥非常感動，他知道高華素那樣說（指「女人也有自己的計劃」那一句）是一種過于主觀的含有着侮辱意味的言辭，但是如果他的妻子眞能這樣做，那在他的心中是要引起一種驚動來的。

——眞有本領啊，她開起一間什貨店來了！他暗暗地對他的妻子這樣讚頌。

在從無錫到江陰去的途中，做了一個正式的上等兵的黃伯祥，英勇而壯健——他自從入伍那一天起就成爲他們的隊伍中最快活，最有朝氣的一個。她沒有憂愁，沒有悔恨，好幾次他想回家里去看一看他的妻所開的是怎樣的什貨店，但是不行，他什麼都決定了。他的身體原來就長得不壞，只是爲了上身過于巨大的緣故，顯得笨重了一點，他的堅決，嚴肅而帶有怒意的面孔說明他絕對地不是可以在別人的戲玩，奴役，以及一切的辱沒中讓自己無踪無跡地沈寂下來的一個人，一頂爛麻餅一樣的軍帽子給頭上的汗弄得全濕了，帽子的舌頭軟軟地低垂下來，幾乎遮去了眼睛，這使他在走路的時候前胸完全突出，至于向後傾斜着上身，彷彿把全身的重力都集中在那四方形的背囊上面，而他在一連三日，每日七十多里的行程中一點也不露出倦怠的樣子。

太陽在晴明無雲的空中發射着猛烈的火燄，因爲前幾天還下過雨，路上本是稀爛的泥土現在凝結了，水門汀一樣銳利，硬堅的鋒稜透過了鞋底，使脚皮火熱而發出泡子。小河流像一條滿身淋濕，金光閃耀的水蛇，蜿蜒地向北流去。江陰的興國寺已經遠遠地在望了，在那赭紅色的寺宇的上空，佈列着密集的幾乎掩蔽了藍天的鴉羣，……

高宗申，黃伯祥的班長，那慈藹，和氣的廣東人快活地述說着他自己的含有敎訓意味的故事。

——我看過兩種人，他說：有一種，他的內在的活動很強盛，他每一天在腦子里所想的事比做出來的要多到一萬倍，有時候看來他好像很閒散的樣子，而他的內心的活動是沒有人知道的。我最喜歡這種人，因爲他受得起打擊，受得起在打擊中所有的一切教訓。還是他的靈魂活動的縱深地帶，第一線的打擊決不能使他動搖分毫。有一種恰恰相反，他沒有所謂內在的活動，他注意的是熱烈，緊張的日常生活，——小心些吧，日常生活這東西，就像日曆，每天撕一張，撕去了就把它扔在字紙簍里，以後再沒有人想看它了，而我們所需要的却是一本書，是翻過了之後又可以再翻的一本書、……

那是一個羣星閃耀，明月當空的夏夜，黃伯祥入伍未久，當所有一切的生疏圍攻着他，使他暗暗地發出了無限的悲痛的當兒，高宗申班長對他的談話使他深深地驚異了，他立即承認那忠誠，熱心而富于機智的中年人爲他的最好的朋友，——在深夜中，涼爽的南風吹去了一天中身上遺留着的熱氣和汗臭，他們偶然地隔絕了在外面閒遊着還未睡覺的弟兄們，在一幅比麥田稍爲高起的草地上走，黃伯祥靜默着，緊張而激發，像一個不幸犯了錯誤而受敎訓的小孩子，高宗申的溫暾而低微的音調叫他深深地起着有益于自己的思索的感動，……

那慈藹，和氣的廣東人很能够深切地了解黃伯祥是怎樣的一個人物，在軍隊里，他要算是第一個了解黃伯祥的一位朋友。

但是這里正發生了一件不幸的事。

一個正午，一個有毒而易于傳染的炎熱的正午，嵩嶼，——和厦門隔海相對，作爲漳厦公路終點的一個小鎭，從江蘇，江陰方面出發向福建，漳州方面開拔的隊伍在這里靠了岸。嵩嶼的海很淺，輪船泊在稍遠的海面。隊伍臨時徵集民衆的小木船以便登陸，有一隻小木船悄悄地逃走了，那船伕立即遭了兵士的槍殺。

被槍殺的船伕據說有兩個，父親和兒子，但是很少有人傳聞這件事，這樣的事太平常了，不但以前曾經屢次發生過，而且以後還要繼續不斷的發生，——有一位連長却對這件事特別起了注意，他切實地加以調查，証明這件事是他部下的一個胃失鬼幹的，他於是解決了那冒失鬼，佈告說是「懲此兇奸」云云。而有一個犯了嫌疑的是把他消差了，——他就是黃伯祥。

太陽，從海的躍動的波瀾反射而起的交織着的光燄，陰啞而失色，在空中佈成了迷濛的煙幕，威迫着人的眼睛，使人的眼睛像給針刺了似的陷于痛苦和紛亂——黃伯祥穿着濃烈地發出人的腥臭的破舊軍服（軍服決不會因爲黃伯祥是一個新兵而跟着也是新的），背着一個小小的藍色包裹，頭上沒有戴軍帽子，用一條白色，兩端有藍色花紋的毛巾綳着。他的身體變得又高又瘦，黑色的面孔泛着淺綠；憂鬱，痛苦而易于感動。他這樣良善地對他的朋友高宗串說，

——我是要回家去的。我早就想過。我的母親年老了，她無日不在等我回去，——我自從出門到現在沒有寄過一個銅板回去，我的母親也不怪責我，她并且還替我辯護，說人不會過三十歲是不會有錢人手的；我的哥哥以前也一樣。我的父親却時時用我的哥哥來壓倒我呢！只有他才說我的哥哥是一生下來就會賺錢的一個傢

伙，——我這一次回去，我的母親一定非常歡喜。我在路上一定不發給他任何一個訊息，要好像從天下降似的突而其來，這會使她老人家更加歡喜，……

高宗申一到了福建之後就高升了，他在嵩嶼的臨時兵站當少尉服務員，他過去沒有受教育，甚至一個字也不懂，但是他有着比黃伯祥豐富的智識，一切都比黃伯祥懂得多些。他是黃伯祥的一個忠實可靠的保護者，他對黃伯祥常常是取着哥哥對弟弟般的寬恕而懇切的態度。

——我們的隊伍開到漳州去之後，他說；我一定有信給你。我不贊成你回去，回去有什麼好處呢？你的父親要向你討錢，你的哥哥又鄙視你，——你的哥哥是天下一個最狡猾的傢伙，記得我曾經在廣州見過他，——不過我看他對你還是不壞的，……

黃伯祥跳過了那埋沒在蔓草中的荒廢無用的鐵軌，那藍色包裹的重量對于他那闊而單薄的背脊顯然有着難堪的毒害，他總是讓背脊挺直，胸脯突起，以圖減輕那包裹的重量，這時候，那向上仰的黑色而略帶淺綠的面孔在太陽猛烈的迫射中泛着痛楚，艱澀的苦笑，至於使他的額上和兩頰像老年人似的現出了可怕的皺紋。

——伯祥，高宗甲接着愷切地低低低地呼叫着；你不要那樣傻，你這一次回去應該和你的哥哥和好，兄弟永遠是兄弟，他決不會用尖刀子截你的脚跟，不寶惜自己兄弟的是一個最蠢的蠢貨！我知道，你一定對你的哥哥一點禮節也不講，——他現在還在廣州公安局做事嗎？

——在。但是他和我毫無關係，他也不寄錢回上海去，他寫信給我的父親說，如果所有的兄弟各人都能寄回十五元，那他一定也能寄（十五元），如果各人都能寄五十，六十也行，他倒不在乎。

——你的父親呢？他一點主張也沒有？

——我的父親？黃伯祥昂奮地發出了難以忍熬的憤恨；他說他老早就應該發財了，他有一個兒子就已經足够，其餘都是白費力氣的，——但是我們這兩個小的兄弟妨害了他，哥哥不寄錢給他全是爲着家里有了我們這兩個小的。

說到這里，黃伯祥表現了他的孱弱而難以培養成熟的性格，額上和鼻尖都滴出了荳大的汗點，滿臉通紅，像剛才受了一場無端的侮辱。他的長長的手在作着空洞的舞動，那藍色包裹彷彿是一個驚人的有毒的怪物，牠像一隻蜘蛛似的用小小的身體去撲殺比自己大出數倍的捕獲物，讓那難以制服的捕獲物在空中可悲地作着絕望的擺動。

——你寫信給你的父親沒有呢？

——不！我決不寫信！我的信在我父親面前會激起了他的仇恨，那是郵票和紙的不必要的浪費！他要狠狠地使用了全身的力氣撕開它，隨就連看也不看的丟進字紙簍里去，並且大聲地罵起來，說我的字越寫越胡塗了，——但是他接到了我的哥哥來信的時候，他要盛氣地把所有的人們都嚇開去，盛氣地找尋他那鐵剪子，並且知道怎樣寶惜那鐵剪子，那地方又不知是誰用的時候不謹慎，以致生了銹，這地方又給小孩子弄缺了，——他要嘮嘮叨叨的咆哮了整半天，然後才把信小心地慢慢地剪開來。

高宗申的堅固，壯健的兩頰現出了闊達，同情的微笑，他似乎有意要窺伺一點可以對黃伯祥進行規勸的縫隙，但是他的話這時候在黃伯祥的耳朵中已經是多餘的，無效的。

——你曾經告訴我那神經病的一個（黃伯祥的一位還在鄉下的兄弟），他現在怎樣了？

——還是那個樣。我想，如果家里有槍，我一定給一顆子彈結果他。

——那是什麼話？

——…………

黃伯祥狠狠地看了他了的朋友一眼，沈默了。他隨即尖着嘴吹起口哨來，他吹的是廣東，東江他的故鄉流行的一條民歌，疲乏而困倦，在一種單純的音節里顫抖地，不斷地反覆和旋轉，它悄悄地喚起了一種悲慘而渺然的世界，彷彿是兒時在一條山澗邊遇見了一隻狼，狼並不侵害他，反而和他戲玩着，互相追逐着，——黃伯祥于是把脚步弛緩下來，歎息着，忿恨着，戀戀不捨地回望那廢去的車站（現在正設下臨時兵站），一座紅磚砌成的高房子，耳朵里聽着蟬兒歌唱的强烈的聲音。間或從東南面的海灣里吹來了一陣迷離，恍惚而難以捉摸的風兒，使黃伯祥覺得有點暢舒起來了，——他叫高宗申在靠近碼頭的小茶攤的布篷下坐下來，請高宗申吃白果羹和三角米。遠望對海的厦門，那赭褐色的屋頂在燃燒而吐出了烟幕的空氣里顯得格外的遼遠，鼓浪嶼則隱藏在一個蒼綠的小島的背面。

白果羹和三角米吃完之後，高宗申讓黃伯祥付了錢，自己買了三斤龍眼交給黃伯祥，却又是黃伯祥把錢付了，——他們向來沒有在錢銀上分彼此，黃伯祥這次回家的路費還是高宗申送給他的，因爲高宗申是少尉服務員，而黃伯祥不過是一個上等兵而已。高宗申却爲了黃伯祥這樣做（指付錢的事）而大大地怨責起自己來了，他的腦袋顯得沈重而紛亂，——他送黃伯祥上了過海的電船，呆呆地站立在碼頭上，望着黃伯祥遠遠地還對他招手，……

過了一會，電船爲一處長長地伸進海灣里去的山遮住了，高宗申這才帶着沈重的腦袋轉回了身，在碼頭上的紛亂什遝的人堆里擠磕着。

兩天之後，黃伯祥又從厦門回轉嵩嶼來了。

高宗申非常歡喜，他覺得黃伯祥這樣做是對的，——黃伯祥在厦門逛了兩天，他終於變更了主意；他還不曾臨到山窮水盡的地步，他决不輕易回到他那黑暗，絕望，毫無光彩的家里去，他的母親雖則總是迫切地要他回去，至於哄騙他，誘勸他，但是他却十分地淸楚，如果他一旦爲母親所屈服而一一都聽從她的意思去做，他會立卽陷進了喪已禍人的危險，……他的日夜苦悶着，以全生命放置在上面賭博的雄心，就只好擲進泥沼里去而任其一片片的潰爛了，——他向高宗申表示了更堅强的决心，他願意在外面流浪，從流浪中尋求生命的着落，如果他這個冀圖失敗，他寧肯毫無音訊地在外面完結了他的一生，就像并不曾在這世界上生存過一樣，但是他決不俯首貼耳地跑回家里去，那陰暗，絕望，殘害意志力的家里，……

高宗申却冷冷地對他說，

——只有這一點你比不及我，你總是有着這麼多的胡亂的想頭，好笑，我一點也不慳，隨便你做去吧！不過我不贊成你回家去倒是眞，你應該先有錢到手，家里的人總忘不了一個錢字，……我們一起到井頭去冲凉（洗澡）去吧！

夜色開始憂鬱地瀰漫着，滿空的蚊子像雷响一樣。弟兄們歌唱着，盡量發出了最奇特最尖利的聲音，怪笑，甚至絕無意義的音响，鼓掌，把石子抛上濃密的樹梢里去，在勾引附近的女人，——黄伯祥暫時結束了所有暗懷在心里的奇思異想，參進了擁擠在井畔的赤身露體的人羣中，爭向井里汲水。

——老黄，哈哈，我前天看你匆匆地背着包裹走，疑心你要跳厦門海自殺呢！原來是何世奈跳水，倒彈！另一個少尉服務員羅定中這樣打趣他。

——班長，佚子宋文郁眞認地說；他媽的羅仁山那傢伙看你還不曾踏過厦門就在背後畫你的烏龜了！哼，睬不睬他，他連做人的方法也不懂，他懂什麼？他懂個屁！還有陳焘那傢伙，那才怪，他偸了我的錢，却駡起我的祖宗來，你看我要不要懲戒他一頓才對呀？

黃伯祥什麼都不管，他一點也撼不起眞實的情感，只管胡亂地沈痛地鼓噪着說，

——我敢你們明天到鼓浪嶼去「[illegible]」（指專對女人引誘或進攻的一種動作）一個漂亮有肉感的台灣妹，——你們有沒有看過台灣妹洗澡？你們有沒有聞過台灣妹洗澡用的縛着繩子的肥皂的味道？咊！蠢材！沙魚肚！

他汲了滿滿的一桶水，滿足地沈迷地在自己的身上沖洗着，又盡情地像出水的牛似的搗動着全身，說話的聲音蒙胡了，至於給笨重的鼻音和噴嚏代替了去。

這時候，在左邊的山坡上，近着美孚行的油庫那邊，有一個兵士在吹簫，又有

一個兵士用特意經過了挑選的嗓子在這樣唱，

——蓮角開花

滿天靑——囉，
妹你生好（美）
兼後生（年輕）——囉；
春水八情
你要做——囉，
唔比春草
年年靑——囉！

蓮角開花
滿天靑——囉，

我要睇妹

假唔知——囉；

我要睇妹

你個屄——囉，

假在路上

拾個錢——囉！

歌聲和簫聲像蛇似的互相糾絆着，顫動着，慢慢地溶化了，在夜的寂寞中溶化了，——井上的人們用了變態的聲音遠遠地應和着，當簫聲和歌聲悄然地低落下去的當兒，每個人都似乎發現了自己內心中的毫無憑藉的空虛，至於痛楚地發出了狂暴的呼叫，糞鬪着用這呼叫來感動自己，鞭撻自己。

人們的毫無意義的狂暴而放任的性格在急速地蔓延着，歌聲又從另一個角落里發出了，——

——蓮角開花
滿天青——囉
妹你想食
菩提絲——囉；
脫開褲襠
你看看——囉，
昨夜下種，
今日皇帝——囉！

晴朗的夜空閃耀着繁星，畫着一個頗爲遼闊的圓形，這圓形是那樣的故舊而久遠，像一個迷人的幻影，每每使人忘記了遠處而安定了弱小的自己，卑微的自己，……

黃伯祥在嵩嶼的兵站里，帮助高宗申管理軍用品，輸送，以及別的許多什碎的事情，——前方預備剿匪的工作日漸緊張，兵站里的工作也跟着日漸忙碌起來，高宗申在兵站里的時間很少，他總是押送軍用品到漳州去。黃伯祥的苦惱却沒有法子消除，他除了帮助高宗申做一點事情之外沒有別的正當的職務，而他的生活是單靠高宗申一個人支持的。——

高宗申那一天又押送軍用品到漳州去了。他像平日一樣的壯健而沈着，一點也不暴躁，不動怒。他督率好些伕子在裝運迫擊砲彈，一來一往的走着，揮動着臂膊，用喜悅的聲叫喊着，好像正爲自己用碌的日子之永無間斷而感到極大的滿足和歡喜。他的牛皮一樣堅固的面孔在白熱的空氣中現出了強健的赭褐色，——沈默着，了解着自己，尊重着自己。他在跳上那高高的卡車的一瞬間從黃伯祥的眼中消失了影子，……這一切的情景在黃伯祥的年輕而失意的心中總是顯見過分的憂鬱和沈重，但是那卡車用一種緊張而痙攣的速度載着高宗申走了，高宗申這一次一離開了他就再也不回來，………

當卡車經過江東橋附近的山坡的時候，有一隊「匪兵」襲擊他們，而卒至殺死了全車的人，——車伕，高宗申和三個伕子。在他們五個人中只有高宗申是武裝的，但是他和其餘的四個都一無幸免的死了。

特務連的連長接到了消息之後，他匆匆地走進了高宗申的房子里，叫勤務兵用石頭劈開了所有的白鐵箱的鎖子，淸查了里面無論公有或私有的一切東西，隨又叫勤務兵把這些東西都搬到他自己的房子里去。他於是冷冷地對黃伯祥說，

——你的朋友高昇了！做大官去了！你還不跟他走？

黃伯祥的靈魂這時候像受了一場蕩洗無餘的劫掠，他的空洞的內心使他全身都發出顫抖。

——哦？……他？……眞的？……他高昇了？

他萬想不到連長竟突然變了臉；——連長暴烈地對黃伯祥揮起了脚尖。

——給我滾吧！蠢貨，給我滾吧！……我叫你滾，你聽到了沒有？

空中冒起了白烟，把猛烈的太陽也遮蓋了，醞釀着，像要爆裂出驚心奪目的火燄，路邊的野草暈然欲睡，石頭發着閃光。——黃伯祥讓薄而沈重的眼簾痙攣地顫抖着，茫然地從這個村子走過那個村子，堅決而絕望，……他從那兵站里給趕出來已經有三個多月的時間。他完全變改了一個人，頭髮散亂，衣服穢臭，腳脛像樹幹一般生起了黑色的蘚苔，和一個叫化子一無二樣。

這是一個汚穢而破爛的村莊，——黃伯祥像一條幽靈似的，悄悄地從一個池塘的岸畔穿進了一條小巷，看不見一隻鷄和一條狗，屋子的門都緊閉着，連一個老太婆或小孩子的影兒也沒有，這是一個奇怪而不幸的死的村子，——死了，乾乾淨淨，像爲可怖的猛疫所圍困了一個村子。

突然，從一個角落里跳出了三個壯健的漢子，他們對黃伯祥取着嚴重的突擊的形勢，一個把黃伯祥抓住了，一個開始搜查黃伯祥的身，一個站在稍遠的地方作着應援。那搜身的一個撕碎了黃伯祥的包裹、搗毀黃伯祥的袋子，又精細地檢查黃伯祥的頭髮，耳朵和眼睛。

——你是什麼地方人？他發出了低而銳利的聲音對黃伯祥訊問；你到這里來幹什麼鬼？

——就是這個了！第二個漢子獰惡地叫。

——我曾經在嵩嶼兵站的門口見過他！第三個指證着。

第一個漢子於是暴烈地在黃伯祥的胸脯揍了兩拳，黃伯祥暈倒下去了，鮮血從的他牙縫里直噴着。

當他醒了過來的時候，他發現自己是躺在一條乾涸了的泥溝里面。——這里四面有許多大大小小的山丘在環圍着，灌木叢和禾田錯落地參什在一起，熱的風從山谷里吹了過來，搖撼着禾苗和樹葉，使禾苗和樹葉都冒出了白的氣體。黃伯祥十分地熟習這個處所，他猛然記起了：（這是他兒時的情景）——他有一次曾經獨自一個人在田徑上玩了半天，這里不遠應該還有一個小小的池塘，這池塘的水無論乾涸或盛滿都是同樣的易於辨認；從這池塘的岸畔通過一所大樹林，樹林里，鴨子樹的皮膚呈着粉白色，高高地直聳着。他沿着一條小路走，突然碰見了他的父親，他的父親可怕地扼住了他的手，爲了一個小提籃失去的事，沒命地用手里拿着的鋼骨的洋傘柄敲擊他的小小的頭顱，………

黃伯祥不自覺地眼眶里淌出了淚，勉強支持着自己的身子爬上了一個稍爲高起的坟地，睜眼一望，池塘，鴨子樹什麽的全失掉了，山坡上，從嵩嶼到漳州去的公路在猛烈的太陽光下痛楚地痙攣地斜躺着，呈着蛇肚一樣的白色，——和公路相距不遠，有一個赤色的小山阜，那邊，在靠近一簇小竹林的草埔上，許多新築的白坟子，用新的石灰的白色在陽光里刺眼地閃爍着。黃伯祥决不至連這塊地方還認不清楚，——這里距角尾約三十多里，在北面的山背後就是那形勢險隘的江東橋。他的朋友高宗申就是在這里遭遇了「匪兵」的襲擊而致命的，那些白坟子正就是他的朋友高宗申和其餘四個被難者的長眠地。

黃伯祥遠遠地望見了，高宗申的坟上赤爛爛地，彷彿在那里晒着一張紅氈子，他覺得有點奇怪，走上去一看，什麼紅氈子，是那坟墓受了損壞，——築坟墓的人顯然把壙穴挖得太淺，簡直不曾用鐵鏟子在地上面開動過，那墳墓築起來就像蕃薯畦般的突出地面上，現在那高高突起的墳墓陷落下去了，顯出了一個很大的洞，葬在里面的尸體有一半顯露在外面。黃伯祥終於從這里發現了更可驚的秘密，那尸體幷沒有盛在棺木里，不過用一條草席隨便包紮着吧了，…………

第二天的下午，黃伯祥像一隻瘋癲的野獸似的踉蹌地出現在嵩嶼兵站的門口。他很迫切於和特務連的連長見見面。

特務連的連長叫他進去了。

但是一分鐘之後，特務連的連長就揮起了脚尖像踢狗一般把黃伯祥倒踢出來，

——

黃伯祥把他所看到的關於他的亡友的墳墓如何受損壞的情形報告了連長，還請

求連長多撥一點欵子爲他的亡友買一口棺木，——但是他絕不知道，他是把連長侮辱了；人都明白，在軍隊里，一個兵死了，就撥下了二十元的埋葬費，（少尉以上又作如何規定却還不知道）黃伯祥現在無異對連長作了露骨的指摘：連長是把那四十元的埋葬費吃掉了。

在軍隊里，對上官施行侮辱是絕對地不被容許的，——而況這當兒，在連長對面還有一位體面的客人在坐着；這是從角尾友軍旅部派來的中尉副官，他年紀又輕，人又漂亮，新的漆黑的短統靴配着新的黃絨的綳腿，——他坐在連長對面的一張有着靠腰的竹椅上，精神飽滿，態度安祥。他茫然地凝望着那奇怪的傢伙，——直到連長發怒了，還聽不清那奇怪的傢伙到底說了些什麼。他正有一件要緊的事急待要辦，——他們旅部有一個傳令兵帶着匣子槍逃走了，他現在是帶了旅部的公事就便到這里來商借十五個武裝兵，幇助他們捉回那傳令兵。他們知道那傳令兵在本日下午六點以前就潛進了嵩嶼。他必須從嵩嶼趁電船過厦門，然後才有法子逃到遠遠的地方去，但是從嵩嶼到厦門的電船因爲漳州吃緊，嵩嶼戒嚴，在五點半就停班了，這樣斷定他不會逃出厦門，還在嵩嶼附近一帶的地方。

連長立即命令特務連全連出動，把嵩嶼全部的民房都搜索過了，却找不到那傳令兵的半個影子。三十分鐘後，連長接得了可靠的密報，知道那逃兵正躲在左邊山坡上美孚行油庫附近的亂草叢里面。——有八條手提機關槍把那亂草叢緊緊地包圍着，却沒有一個敢於走進那里面去作試探。

在龍眼樹脚的一張讓行人歇息的凳子上，連長遠遠地望見了，那剛才從兵站里給驅趕出來的傢伙，正像一條毛虫在抗拒敵人的時候一樣的蜷伏着，——連長對着他揮手，因爲這時候正好用得着他，

連長用嘴巴挨緊了他的耳朵這樣說，

——那里面，有一隻兎子在躲着，你走進去看一看吧，——牠聽見你撥得那草响，一定着了慌，我們有槍，他一跑出來就殺死他！

黃伯祥的殘敗的靈魂在連長赫然的權威之下完全地沒落而失陷，他誠懇地聽取着，——他的眼睛發射着黃色，異樣的光燄，擺動着兩隻長長的手，冀圖着將他敗壞了的身體把握得更準些，…………

前面，就在那聳着高枝子的山茶樹那邊，那銳利的槍聲響了。八枝手提機關槍一齊地對那發出槍聲的地方猛烈地傾注着。——起初還聽見還擊的槍聲，後來什麼聲息也沒有了。

那逃兵從頭到脚不知中了多少子彈，混身溼落落地，像端午節的粽子一樣。黃伯祥却是在第一響槍發出的時候就躺倒了。

他打傷了一條腿。

他的勇敢的行動使連長起了同情和憐憫，——等到他的創口平復之後，他不但恢復了一個上等兵的位置，而且——這是誰都不能理解的——不久又昇給他一個上士班長的職位。

他盲目地殺死了一個冀圖擺脫軍隊的黑暗，腐朽的枷鎖生活而實行逃遁的弟兄，却爲了這事而獲得了上官的赦免和嘉獎，當然，他已經從死中活轉回來了，但是他贏得了一身的羞辱！

5 陳金泉

在永春，在福建的山洞中蘊積着的熱氣火辣地，久久不散地在低空里浮盪着，使人們的靈魂脹大而沈重，彷彿在他們的身上遺留了無數的毒箭。山腰上的松樹經不起太陽的烈燄的燃燒，慢慢地變成了焦黑，葫蘆草的綠色也變成暈濁的了，洋柿子的紅色泛着太陽的毒液，——太陽快下山了，桃溪的響聲一陣陣地顯得遼遠而沙啞，溪水峻急地，激盪地冲擊着溪岸，震撼着沿岸用木樁搭架起來的房子，房子用背脊向着溪流，往前傾斜，看來是一個尾隨着一個背後，狼狽而恐慌，彷彿要逃開那亂暴地叫喊着的溪流的侵襲，——桃溪向着南面流去，在和永春城接觸的時候突然把面積擴大起來，峻急，激盪的波瀾慢慢地靜止了，而響聲則顯得更加遼遠下去，…………

陳金泉，四十九師二十五旅的兵士，一個學生出身的年輕，面孔漂亮，身體瘦長的福建人偶然從他的同伴的羣中分開出來，獨自一個人在田徑上走。他是剛從桃溪洗完澡回來的。他背着那行將下墜的太陽，白色的內衣發出奇怪的令人目眩的閃光，整個的面孔呈是着黑色，——在昨天，他接到他的弟弟的來信，他的弟弟，那熱情，敏感的可憐的孩子，爲了不能在家庭忍受無希望的元始生活，像給打斷了脚骨的狗似的發出可悲的叫嗚，他淒切地請求哥哥給予他的帮助，只要得到哥哥的一次回信，在回信中對他說了一點安慰的言辭，他就突跳起來了，復了原，像吃了一帖最神驗的葯一樣。

……哥哥，——他在信中這樣寫着；你告訴我，你是窮困的，你沒有巨大的能力可以在這偪促，痛苦的環境中開闢一個世界，你是一個中國人，尤其是一個中國的靑年，在這悲戚的日暮途窮的國境中你蒙受着全世界的人所不曾嘗受的悲痛，但是對於我，你成爲獨一無二的維護我的天神，你安慰我，鼓勵我，使我屢次從烈火一樣的痛苦中逃出，在這一點上你有你的精神上的豐饒的寶庫（那里面充滿着勇敢和毅力），你表示了全世界最高的富有！……

陳金泉暗暗地一背誦着這些句子，就愕然地給驚住了。當年紀還未過二十，脚步還未踏進社會的門口以前，他也是靠着一兩句格言，靠着修身課本里的幾個故事，華盛頓，林肯，以及那火車上的賣報孩子愛狄生等等養大的，然而這些原始的營養品對於他已經成爲無味的，正如爲母親的乳頭所喂大的孩子一轉眼就厭絕了母親的乳頭，而當他切求着乳液以外的更多的食品的時候，他立卽遇到了嚴重的飢饉。……現在，他眼看着他的弟弟正沿着自己的絕望的足跡走來，他不是眞能安慰他，是有意的對他施行一種毫無實質的刺激和欺騙，而他（他的弟弟）果然一步步的接近着來了，就這樣，他在引誘他的弟弟踏上他自己正陷身其中的陷阱。

爲了要走近路，他穿過了一幅種滿着番瓜的田圃，在那纍纍地結滿着黃色番瓜的瓜棚下走，吹着口哨，一條白色的毛巾在手里一東一西的拂着，蚊蚋像雨點似的追擊着他，紛紛地落在他的臉上，雷一樣的吽鳴着。

忽然手里覺得一陣沈重，定脚一看，有一個又大又黃熟的番瓜落下來了，像一個嬰孩似的躺在舖滿着麥稈子的泥土上，那是給他的毛巾絆落下來的。

——你打算送給我麼？好的，我一定把你帶回去，……我好久沒有吃番瓜了！……他自言自語說。

這樣他眞的把這番瓜帶回去，他不曉得這就是一種犯法的行爲，但是他們乎隱然地意識着這是一個嚴重的事件的開端，在回來的路上，他本能地用那白色毛巾在番瓜上覆蓋着。

他的朋友有胡麻子，番狗仔，趙繼盛，……黃伯祥也是其中的一個，而且是他所有的朋友中比較要好的一個。

這天晚上，他沒有和朋友談過什麼話，在五里街見到黃伯祥的時候，他告訴黃伯祥關於一個「沒落政派」如何依附于日本人的翼下在福州預謀擧事的新消息，這是一位旅居福州的友人在來信中提到的。有一個姓張的自稱爲「復活的孫逸仙」的傢伙，勾結了許多武裝的台灣人，教他們在福州搗鬼，搗鬼的目的在於提高這位「復活的孫逸仙」自己的政治地位，他的計劃是這樣：等到台灣人眞的搗起鬼來的時候，他就對福州的當局獻策說，

——交給我吧！把權力交給我吧！現在是我最有辦法的時候了，我認得許許多多的台灣人，如今要鎭壓台灣人搗的鬼可不能不找到我！……

說着，陳金泉無精打采地笑了笑。

黃伯祥對他問，

——這位「復活的孫逸仙」到底是怎樣的一個人物呢？

——怎樣的一個人物？他非常匆忙地一面走一面說；這麼高，這麼大，聰明，他學，是美國哈佛大學的一個博士！

這天晚上，誰也不知道他在厨房里做出了什麼事情，——總之，爲了燒番瓜的事，他和火伕劉聯芳吵了架。

——我一定告發你，不告發，我是一個狗生的。劉聯芳，那黑面孔，消瘦，中等身材的四川人激烈地這樣賭咒；你偷人家的番瓜，做賊，擾亂治安！……我敢保証，福建人，姓陳的傢伙，他有這樣的劣跡決不止一次；你看他多麼狡猾！多麼不要面子！當心些吧！可不要動我一動，不然老子就對不起你！

滿屋子都喧騰起來了。陳金泉捲着袖口，他決不願意在劉聯芳這獵狗一樣兒狠的老鬼面前扼制他的怒火，也不還劉聯芳的嘴，却直截地招劉聯芳決鬥。

那冷靜，精警的四川人是不會接受這個挑撥的，他正確地迴避了陳金泉那少年鋤銳的氣勢，再也不叫嚷了，悄悄地從一個小門走出去，他報告了連長，……

半個月後的一個晚上，高敬梓，那一身充滿着哲理和智慧的連部的老書記這樣說，

——這樣的一件事，是天然的，沒有一點人意加在上面。誰都不能對這件事表示怨懟。請將一件事的結果作起點，向一切的原因回溯上去吧！我們發見一個人笑

嘻嘻地，像小孩子戲玩似的投入那最後決定下來的圈套，沒有誰能够阻止他，恰恰相反，所有的條件都只能幇助他「投入」，在這一點上，我們不必忌諱，每個人都像屠戶一樣的殘酷，他們含笑地把一隻牲口擺在屠案上，坦白地對那可悲的犧牲者表明：我們都這樣做了，全世界沒有一個會發出怨語！

這里在坐着的有排長張瑞標，副排長曹東明，還有老兵翁泉，羅錦田，王梅，和新任班長黃伯祥等等。

——依你們看，陳金泉，那冒失鬼有這樣的下場是不是應該的呢？他用一種非常爽朗的嗓子，像誦書一樣繼續地說；沒有回答，對的，你們決不能在這樣的問題上妄置一言。陳金泉是一個成事有餘，運氣不足的孩子。……明天，這可憐的孩子臨到了死期，師部軍法處對他判決了最高的刑罰。

排長張瑞標的壯健，血紅的面孔突然地完全失色；翁泉垂着頭；曹東明的眼睛濕着淚水，……黃伯祥鐵青的面孔，像一座石像似的直挺地站立着。

果然，第二天，上午九時三十分光景，在桃溪東岸的石灘上，陳金泉的胸脯給穿過了三顆子彈，像鱖魚似的張大着嘴巴，直躺着。

爲什麼會被判決死刑的呢？這裡所通過的方式很簡單：他從連部給解上了營部，從營部給解上了團部，再又從團部給解上了師部，他是那樣的「笑嘻嘻地，像小孩子戲玩似的投入那最後決定的圈套，……」

和槍決那冒失鬼同時，師部召集了一個熱烈的軍民大會，張×，那少年師長鼓着鯽魚般的闊大的兩腮，在公共體育場的主席台上站起來了。

——親愛的父老，兄弟，諸姑，姊妹，和官兵同志們，我們十九路軍是抗日的標準隊伍，我們負有盛大的榮譽，在全國各地，無論那一個角落，受民衆熱烈的擁戴和歡迎，師長認爲這是全國軍隊中一個既成的寶貴的表率，這表率決不是一個虛有其名的騙人的東西，我們可以從他們作戰的勇敢，軍容的强盛，平時紀律的嚴明，一件，兩件，三件，四件，五件，六件的加以証實。

我們可以自豪，可以對一切的人們誇耀，憑着神聖的軍紀，我們有權力隨時隨地把一個犯法的兵士處决。軍隊之有軍紀，正好比人身之有裝飾；現在以隆重的裝飾顯示給大衆，我們毫無憾意，我們有着無上的快樂和光榮。

經過了這件事以後，四十九師的兄弟們，像潛行在海洋裡的潮水，暗暗地鼎沸起來了，騷動起來了。

負有「革命家」之稱的老頭子陸振環，第三連連部的一個司書，在很早以前就和黃伯祥做了毫無顧忌的突破一切的朋友，他高大，肥胖，眼睛下面有一個黑圈，四方臉，厚嘴唇，大耳朵，他倒在一張破爛的竹椅上，深深地歎息，深深地沉思，煙斗的旱煙在燃燒。——這是一間和牛欄連在一起的民房，天下着雨，窗外的雨點滴溜溜地像明珠一樣的閃耀着，四巷裏很寂靜，牆壁發散着熱氣，隱隱地還透過了那爲了下雨而不能放出的牛的氣息。黃伯祥默默地拘守着自己，肅飭着自己。毫無成見地讓陸振環把所有的問題一件件擺出來，一件件加以論斷，以至拿出正確無訛的結語。

——法國莫泊三的小說，他說；你讀過了沒有呢？有叫做「勳章」的一篇，寫得非常的正確，有趣，故事記得是這樣：一個沒落官僚的老婆偷了別一個男子，有一天給丈夫撞破了，那男子幸而走得快，但是匆促之間留下了一件外套。「現在可不能狡賴了，」丈夫說；「證據都在手上了。」妻子不慌不忙的回答說，「你錯了，這外套是你的，我昨天還看見你穿在身上，你看，那上面不是有你的勳章在掛着麼？」丈夫一看，果然有一個勳章，燦爛耀目，上面有獅子也有太陽。「可憐」，他心裏想；我的妻子誤會了，她以爲這勳章是我的。那麼我還是承受下來吧！一個人必須有這樣的勳章掛在身上，才能顯示出他的光榮！于是他說，「對了。我的腦子有點紛亂，我幾乎弄錯呢！」——用這個故事來羞辱這樣的一個男子，已經够毒辣了，但是還比不上它羞辱我們的民族英雄張×將軍的毒辣。——我們的民族英雄張×將軍的光榮的勳章是從那裏得來的呢？

這時候，他突然獰惡地大聲地笑了。

——「誤會」！這是中國民衆的「誤會」！

他的話暫時停頓了下來，快活地像一匹狂渴的馬奔臨了河邊似的深深地縱情地吸他的煙斗。

——然而我們中國民衆其實幷沒有「誤會」，中國民衆有他們不能不「誤會」的原因。因爲在一·二八的當時，除了十九路軍之外再沒有別的軍隊能够爲祖國執行抗戰，這是十九路兵士健兒們的功績，而我們的張×將軍——豈只他一個而已！——却眞的以這一點爲自己個人無上的光榮。

說到這裏，他忿忿地站立起來，用他的巨粗的拳頭猛擊着桌子，叫上面擺着的玻璃杯劇烈地互相碰觸，發出蟬兒一樣悲感，顫動的叫鳴。

雨下得漸漸的加大，屋子裏在雨聲的包圍中顯得更寂靜，凛肅的空氣使黃伯祥的靈魂强健而縮小，他的灰暗的眼睛發亮了，慘綠的失去血色的嘴唇顫抖着。

——十九路軍究竟是一個什麼東西呢？陸振環繼續着；誰都能回答出來，他們和中國所有其他舊式封建的軍隊沒有差別，有一點差別，就是他們曾經在上海和日本人打過一回戰。離開了上海之後，他們又露出原形來了，所有的軍官和做皇帝一樣的驕縱，他們虐待兵士，殘殺農民，打日本在他們不成爲一件了不起的專務，他們蹂躪中國的革命隊伍和打日本同樣的賣力。

黃伯祥不能不大大的失望了，——他自從在上海逃出了日本的砲火，逃出了家庭，用一個卑微，可憐的人民的地位投身在祖國的腐朽，破爛，充滿着獸性的隊伍中，犧牲了自己，忍受着種種的凌辱和折磨，而結果是證實了：他自始至終未能脫離那泥坑一樣的痛苦的地位，他不明白在這樣的隊伍中受苦到底是爲了什麼；他是從火中逃出的，却不想縱身一躍，已經落進了海裏。

——我們爲什麼要這樣過日子呢？他凄切地說了，彷彿在對他的好友哀求一件什麼；我們總得走了。我們在這樣的隊伍中吃飯毫無意思。

——是的，我們總得走了！陸振環沮喪地說；從七月起，我們整個的隊伍都要加上剿匪的陣線，——伯軒，這是怎麽一回事呢？聰明人總會知道，這是投降了日本，遵守了日本的默示和指使，無靈魂地把槍口對準了我們自己的胸膛！

6 八·一三的前夜

八月，正當上海虹橋事件發生後的第三天，××邊境有三師左右的陸軍沿着京滬線向上海方面開拔，——黃伯祥又加昇了一級，他以一個排長的姿態在隊伍中出現着。這之間，他們的部隊雖然有了變動，但是他一樣的不能消除自己的苦惱，他的逃走也成了一個幻夢。——火車迎着暴風雨直駛，玻璃窗外佈列着飛行疾走的煙雲，鐵的聲音在暴風雨的騷亂中沉澱了，隱匿了，火車整個地墜入了激發，緊張的夢境，在暴風雨的淹蓋中潛行着。黃伯祥變得比前者老了，他的額頭可悲地摺起了老年人一樣的皺紋，目光遲鈍而乏力，面孔焦黑，他坐在三等車的椅上，長而闊大的軀幹像睡眠的蛇似的綣曲着。他有五年的時間未回上海。上海是他的第二故鄉。五年後的今日他由一個人民的地位變成了祖國的正式的戰士，向着上海進發。他很激動。但是一·二八的失敗常常在他的面前投下了一個陰影，他覺得抗戰是絕望的，因爲由於一·二八所得的敎訓，他知道中國人並不想眞正地在日本侵略瘋狗的高壓下崛起抗戰，他們從未立下抗戰的决心，……

暴風雨更大了。黑色的雲捲在低空中飛舞，時而緊緊地扭絞在一起，像一個巨大可怖的陰影似的投在地面上，使地面上立卽起了濃深的黑暗，——火車在眞如停止了，在暴風雨的襲擊中，隊伍像一條腐朽，寸斷的鍊子，彷彿要跟隨着暴風雨的呼吸而飃散。黃伯雍駝着背，重重的背囊和鍬子像一個惡鬼似的抓住了他，叫他的上身可悲地，毫無自主地作着擺動，時而重重地撞在別的同伴的背上，快要傾跌下來似的，踉蹌地。木棍一樣的笨重的兩脚在深達一尺的爛泥中互相地敲擊着，交絆着，——他們默默地向眞如東南靠近着暨南大學舊址的一個村子前進，在暴風雨的鞭打中，默默地，毫無聲息地構成了一個啞的隊伍，旗子藏起來了，左胸上的符號也摘掉，南方的馬是不足道的，牠們是那樣的低矮，瘦弱！暴風雨用狂暴的，突發的力猛擊着他們，叫他們的破爛，薄弱的隊伍像中了鞭條的蛇似的痙攣地屈曲着，捲旋着，黑色的雲捲像一個不能分開的密集的鴉羣，低低地掠過了他們的上空，朦糊了他的形象，彷彿蹤跡不明似的朦糊下去了，遙遠下去了，…………

已經到了故鄉——上海的近郊，爲了側身在行伍里面而不能踏入自己的家門，黃伯祥嫩弱了下來，爲一種灰色的情感所制服。他的興奮是一時的，五年來——不，一生的慘淡的生活使他養成了這弛緩的，不容易緊張起來的惰性，那堅苦，沉鬱的靈魂像一個茫無涯際，白雪一片的凜冷的嚴冬；在雪中多送一些冰，對於他一點也不在乎，而烈火卻幷不能使他立卽得到溫暖。

在這里，他的情緒恰好降低到最低點，——因爲他知道，他將要看到自己的久別的家，有許多反常的碎什的打算包圍了他，他甚至打算乘機逃走，有時夢想帶他的家回廣東去，——朋友中有一個福建的華僑，瘦長，矯捷，曾經做過遠東運動會的選手，在新加坡，他和他的兄弟開了一個規模宏大的農場，他每一次來上海定準帶給黃伯祥許多特等的加厘粉，加非，以及別的上好的食料，他常常寫信給黃伯祥，勸黃伯祥不要那樣說，老是在軍隊中過那黑暗，無望的日子，……這樣的事，黃伯祥都把它放在腦子里，盤旋着，一點一滴的加以斟酌和考慮。

——這一次是輪到我來了，一個名叫鍾坤的廣東同伴快活地這樣說；一·二八的時候，我在十九路軍七十八師的砲兵營里面當一個戰鬥兵，——砲兵，很短的砲，我們叫做「手砲」，正如步槍中的「手槍」，……在吳淞，我們清楚地望見敵人的砲艦向着我們的陣地開砲，一！二！三！像報數一樣。區壽年那契弟忽然生氣了，他跳着說，「把我們的砲都擺出去吧！盡所有的砲彈向敵艦開放，不要留存半個！」我們的營長，一個勢利，淺膚到極點的東北佬吳丹，漂亮的面孔搽着胭脂，撲着乾粉，學着女人一樣的聲音，尖着喉嚨叫，「放！」我丟那媽，「放！」「放」我條察(鷄巴)，五枝手炮赤蝦似的跳起來了，捲曲着，發出淒慘的吼聲，——越吼，天地越闊，我們的陣線從吳淞，江灣到閘北，眞是一望無窮！日本飛機不怕落雨，低低地飛着，又黑又大，忽然打了幾個轉，報告了我們在金家宅附近的砲位，好了，有三十個以上的砲彈，從張華浜，從黃浦江和寶山方面的炮艦同時飛來，落在我們的炮兵陣地上，半天開花，落地開花，子母彈，把我們五枝「手炮」炸碎了三枝，我們的連長斷了頭，一個四川人粉碎了尸身，兩個貴州人一個斷脚，一個斷手，……只剩了我一個人活着，恐怖！我閉着眼，不敢看那兩枝剩下來的直挺挺的「手砲」，——現在又來了，朋友，我眞快活，這一次定準會輪到我，……

他興致勃發地聳着那尖尖的腦袋，像小孩子似的跳躍着。

這正是八·一三的前夜，天上的濃雲毫不消滅，雨停了，狂暴的風還在吹着。

黃伯祥有點興奮，他會到了他的弟弟黃四九，——黃四九是剛從虹口來的，他的面孔是短的，扁的，鼻子像鷹嘴一樣的尖，兩眼發射着驚人銳利的閃光，身材矮小，和黃伯祥完全兩樣。走路的時候，脚尖一點一點地，像利害的竊賊一樣。

黃伯祥把黃四九介紹給他的朋友鍾坤，——鍾坤更加快活了，像一隻百靈鳥似的，屋子里永無休止地只聽見他發出的聲響。黃四九像一隻狠似的把着兇狠的微笑，他說話的聲音很低，很尖利，似乎有點金屬的成份，很快，但是很簡短，彷彿還未確定了射擊目標的機關槍。黃伯祥用一種冷靜，獰惡的目光望他，也不對他多說話，像碰見了仇敵一樣。

黃四九歛束着身子，把聲音弄得更尖更低，簡直是切切私語的耗子。

黃伯祥開口了，他毫無理由地，狂暴地吼叫着，像雷响一樣。

在閘北中興路小菜場旁邊的一間館子里，他們三個人喝起酒來了。

鍾坤獨自地在唱，

——奴奴的在首旁，哎哎喲，

今朝，

起來，

失了呀奴的針！

哎哎喲喲喲，

吱吱的響聲，

失了呀奴的針！

伊呀——伊都喔……

黃伯祥顯得更加沉默。黃四九——那青年工人這時候的打算恰好和他哥哥相反。他有他哥哥一樣的熱情，卻並不像他哥哥那樣的由熱情而陷於冷淡。他有極強盛的意志力，他告訴他哥哥，他和自己的許多朋友之間正有了一個嶄新的戰鬥企圖。

黃伯祥用一種凄苦的，非常矜持的聲音對他的弟弟這樣說，

——快些回去吧！要立即叫我們全家的人都搬走，大戰就要爆發了，——要搬到那里去呢？由你們自己決定好了！……我了解一切，看穿一切，騙自己的東西不要拿來騙我！你要錢嗎？唉，你還想在我的面前圖賴些什麼？

黃四九青了臉，他大大地驚異了。

——我的哥哥喝醉了！他偷偷地對鍾坤這樣說。

他像一隻耗子似的悄悄地溜走了，——爲着全成他自已的嶄新的戰鬥企圖，他沒有把哥哥的意思轉告家人，他決不把哥哥的話放在耳朶里。

7 弟弟

在北江西路的一條腐骨落肉的灰暗的巷子里，黃四九像一條前行的蛇似的胆怯而精警，他穿着一件不大合身的破舊的黃色襯衣，一條又短又窄的黑褲子叫他的兩腿像給人用鐵鎚重重地敲擊過似的彎曲着，痙攣着，他用一種扼制得很低的聲音對他的同伴周多全這樣說，

——我的哥哥的軍隊開到閘北來了，兩天之內，他們就要在北四川路，虹口一帶大殺日本人，大戰就要爆發了，——你們要不要逃呢？逃吧！契弟，逃吧！逃到法租界，逃到香港，逃到遠遠的地方去！還有什麼呢，人家決不會說你怕死，你今年已經二十二歲了，身材比我高大，樣子比我好看，已經做了我們中華民族堂堂的一員壯丁，但是你們的日子還長得很，要好好地寶惜自已，珍重自已，時候一到，你的日子一定比我好過得多，大概吃飯的時候總不會缺少燕窩，魚翅，——但是我

呢，是不想走的，老周，你明白嗎？我不走是有原因的，我有了一個非常重要的任務！

周多全，那牛一樣壯健，但是狐狸一樣狡猾的少年人詭譎地睞了睞那雙層的女人一樣美麗的眼睛，精警地這樣說，

——你的母親，你的嫂子們呢？

——她們也不走。

——她們也有任務嗎？

黃四九知道這句話多少含了些挖苦的意思，但是他表示毫不爲意似的說，

——當然，沒有任務留在虹口「把察」麼！

周多全不會不知道，黃四九完全撒謊，黃四九那流氓在這樣的日子中決不會有什麼任務，——但是周多全不想揭穿他。周多全凜肅地扳起了面孔說，

——我也是不走的，我也有任務。

黃四九像一隻剛從水底爬起來的獺似的抖擻着身體，使他的身體在一秒鐘中臌脹而擴大，壯健地，快活地哈哈大笑了。

這時候，他們剛剛走出了老靶子路，在一個猶太人所開的 Apartment 的門口遇見了一個相識的台灣人，那是一個醫生、他像剛剛從病室走出來似的穿一條白色外套，瘦弱的身體渺小地，鬼鬼祟祟地像一片雞毛似的在空間里一傾一斜的飄蕩着。他對着黃四九點頭，在夢中睡着似的暈暈沉沉地走去了，忽然回轉頭，對黃四九招着手，用一種蹩脚的國語這樣叫，

——這邊來吧！這邊來吧！

他善意地微笑着，一隻手非常親暱地拍了拍黃四九的肩膀。

——你的那一位朋友呢？他問。

——那一位友？

說着，黃四九回頭對周多全望了望，意思是問他，是不是那個姓周的周多全。

台灣人神經衰弱地用一條赭色，抖顫的手指敲擊着那布滿青根的小腦袋，極力地叫他腦袋傾向左邊，又望一望那高懸在空中的街燈，頻頻地冀圖着勘正自己站立的方面和位置。

——不是，不是。他否認着。

接着又說，

——他是一個廣東人，是你們的同鄉，他欠我三十五元的醫葯費，他是無錢的時候走我處來，有錢的時候到正式醫院里去，永遠不承認我是醫生的一個狡猾的傢伙，——如果你看到他，請你叫他當心，我兩日後定準和他算賬！

他突然變得非常威武起來，彷彿要離地上昇似的一傾一斜的走去了。

周多全對黃四九問，

——這台灣人是一個革命黨麼？

——不。一條走狗，一條日本人的蹩脚的走狗。

——他的住址你知道麽？

——知道的，在老靶子路療養院對過的岡崎葯局里面。

——我們預備殺他的頭吧！

——要小聲一點！

從閘北和蘇州河以北的公共租界向滬西移動的中國居民的隊伍把老靶子路，北四川路完全塡滿了，五洲葯房門口的日本兵橫着雪亮的刺刀，拼命地抖擻精神，預備着在瞬息之間造出最强健，最威武的事功，街燈發出暈蒙的白光，無精打采地照映着。——在日本兵的萬丈的氣燄高壓之下，黃四九像給當頭擊下了一棒的狗似的，失去了全身的均，低扼着脊椎，頻頻地轉回頭來，在擁擠不堪的人行道上瘋癲地捲旋着，…………

在一間灰暗的破爛的亭子間里，黃四九和周多全會見了他們的朋友，一個略帶神經質的苦悶的青年葉志超，——黃四九喘息着，但是一走進這亭子間之後他的胆

子又壯大起來了，眼睛放射着銳利的閃光，情緒緊張而激動，他極力地叫自己保持着常態，鎮靜地這樣說，

——老葉，我報告你一個好消息，我哥哥的軍隊已經開到閘北來了，我的哥哥，他再不是一個開車佬，他做了一個排長，他一切都比過去進步，樣子也比以前老成得多，堅定得多，我剛才去找他，他和他的朋友帶我到館子里去喝酒，…………那麼，大戰的爆發是一兩日間的事了！

葉志超患着永遠治不愈的疥瘡，用自已製造的葯——一種硫磺，猪胆，芝蘇的混合物敷着全身，裂開着衣襟，一隻手拿破侖似的永遠探在衣襟里面搔癢，整個的房子發散着激烈，刺鼻的奇臭。他坐過了八年的監牢，長期間的監牢生活使他眼近，咯血，剩下來的身體大約還在三分之一以上。他躺在一張破爛的帆布牀上，帆布牀中間的破洞叫他的胸脯深深地踢陷了，看來的確是一個時運不亨，命途多蹇的物休，彷彿在高空里受了可怖的暴力的制御，給猛力地擲落下來，就叫他非在那落下

地的上面入土三尺不可似的，……他從那帆布牀爬起來，駝着背，不斷地嗆咳着，口沫和空氣里的灰末在飛濺着，整個的下顎幾乎要失落下來，他夾帶着嗆咳，把自己弄得非常熱鬧地對黃四九這樣問，

——誰？你的哥哥？他的軍隊開到閘北來了？……

黃四九喝了一口涼開水，停頓了很久才說，

——我們和日本帝國主義的決鬥就要開始了。中國民族在這決鬥中有一個最迫切的問題必須反身自問：這決鬥的結果是叫我們死，還是叫我們活的呢？毫無疑義，這決鬥的結果一定叫我們活，這是我們每個中國人的天經地義，中國的人民是老早就決定了，中國的政府在六年來的掙扎中也已經確立了這個自信。……我們呢？老葉，我們的日子近了，我們無需觀望，——砲聲，在一·二八聽熟了的炮聲又要在上海轟動了，……

他的喉嚨變得有點沙啞。亭子間的空氣嚴重而緊張。葉志超不自覺地停止了嗆

咳，雙眼發出朦白色，愕然地環顧着亭子間的四週。——靜默下來了，整個的亭子間都靜默下來了。周多全雙手在胸口交叉着，凜肅地垂下頭來。

夜深了，日間為難民所擁擠的北四川路現在已經斷絕了行人，電燈用慘然的亮光照在寂寞的柏油路上，電車的鐵軌發出白色的反光，水銀似的從這一端一直流射過那一端，一股股的寒風在寬闊無物的空間里默然地蕩散着。夜巡的日本兵的脚步聲沉重地永遠保持着固定不變的節拍。——黃四九像一隻貓似的在空洞的馬路上流竄着，他回到家里來已經是下半夜兩點左右。

在兆豐路的一個小小的弄堂里，一枝插在牆角上的電燈直照着對面的一個黑色，殘破，充滿烟灰的窗口，——洋臘一樣的五枝光的電燈突然發亮了，黃伯祥的妻，阿劉，一個面部臃腫，鼻子細小，牙齒露出，約莫二十八歲光景的女人，用一種爽快的聲音這樣問，

——見到了沒有呀？

——見到了。黃四九冷冷地回答。

——他同你說了些什麽呢？

——什麽都沒有說。

——錢呢？

黃四九忿然地看了嫂子一眼，兇狠地肘略肘略的鋸着牙齒。隨卽倒在他的牀板上，深深地歎了一口氣。他沉默了很久之後才這樣說，

——告訴你吧，你貢（慌），貢什麽呢？我和哥哥見面的時候，哥哥正喝醉了酒。

——什麽？他喝醉了酒？你撒謊，他一生不會喝酒的，——哦，你……你……你一定把錢輸了！和我說，他到底拿了多少錢給你？

她從牀上跳下來，像一隻獅子似的用力地搖着頸項，使她散亂的頭髮在空中飛舞着。

——沒有，我敢發誓，一個銅板也沒有！

他把褲袋里的一個小皮包拿出來，狠狠地撕開它，隨卽用力地把身上的衣服搗動着。

阿劉的臃腫的面部突然地縮得很小，她也不跳，也不叫，嘴唇緊緊地合閉着，瘋狂地在房子里捲旋了好幾週，終於她抓到了一個熱心牌的熱水瓶。——她極力地扭動着闊大的肩胛骨，把熱水瓶摔得粉碎。

一個衰弱得混身顫抖的老太婆從一張很闊的牀板上爬起來了。接着是一個老頭子，一個十二歲光景的大眼睛，圓臉孔的小女孩。…………

一個名叫阿芳的工人，那瘦骨落肉的老頭子深深地凹陷着兩頰，瘦得鼻子，牙齒，面孔，什麼全沒有了，只剩了一對充血的栗子一樣的紅眼睛，他輕輕地拉開那中間房的門板，在門縫里露出了半個腦袋，像窺探一種秘密似的懷着滿肚子的疑團這樣問，

——什麼事呀？

老太婆突然變得非常清醒，她對着阿芳搖手，

——沒有，伯祥回來了，他帶着軍隊回到閘北來了，四九剛才正到閘北去看他，…………

阿芳酸溜溜地吞下了一口又辣又苦的口涎，拚命地緊縮着又尖又小的鼻子，彷彿他肚皮里有一條繩子縛住了那鼻子，要立即把它緊緊地拉進肚皮里去的樣子。等到阿芳連自己一個人都縮了回去的時候，老太婆把四九叫到面前，非常寵惜地問，

——喔，吵嘴，吵什麼的？哥哥回來了，他究竟帶來了多少兵？你看到他沒有？

老頭子像一隻坐下的狼似的聳着高高的上身，銳利，精警，保持着深深的沉默，「什麼我都知道，然而什麼我都不說」，——他是知道他兒子回來的消息的，

這時候他卻又被一種更新的消息所吸引。阿劉和四九怎樣吵嘴的情形他全淸楚地聽在耳朶里，——結果是怎樣的呢？他必須屏息地靜待這個結果。

四九悻悻地對母親這樣回答說，

——看到了，看到了，……他帶了不少的兵，他們正預備在北四川路把日本鬼痛痛快快地大殺一頓。

——他不跟你回來嗎？不回來看看我嗎？母親繼着問。

——……四九不耐煩地沉默着。

——他吩咐你什麽沒有？

——什麽都沒有吩咐。

老頭子兀禁不住了，他立刻插嘴問，

——錢呢？

四九像一隻躲在黑暗里的猫似的把一對銳利的眼睛放出驚人的閃閃的燐光，氣凶凶地在屋子里一來一往的走了好幾步，半聲也不回答，彷彿下了一個大大的決心，在一張會發出響聲的竹椅上像猛擲一個沉重的物件似的倒躺下去。

爲了兒子的回來而感受的快樂改變了那老太婆平時焦急，狹窄的性格，她對四九非常寵惜地這樣說，

——錢一定有的，四九，是不是給你賭光了？

四九一點也不使自己再受激動，他冷冷地如實地回答說，

——沒有，一個銅板也沒有。

——眞的沒有嗎？你沒有和他要嗎？哦，你倒大套（擺空架子）呀！我們要搬了，全閘北的人都搬了，我們一個錢也沒有！

——搬什麼，我們住在虹口的中國人是有組織，有計劃的，我們全不搬，……哼，搬，搬了，就完事了？世間上的事沒有這樣乾脆！

——什麼？不搬？日本人的刀你怕不怕？

四九忍遏不住了，他猛然地站立起來，像預備决鬥的野獸似的露出牙齒，對着母親怒吼，

——靜着！——我不准你多問！

聳着高高的上身的老頭子冷冷地在旁邊譏諷着，

——今日也不是你帶兵回來，你到底神氣什麽？……………

8

高華素

第二天的早上，唐山路，兆豐路一帶，爲了時局緊張，所有的商店都關了門，只有阿劉開的小什貨店，在黃四九的指揮之下一如往常似的開了門，滿店子擺着銀錠，火炮，醬油，皮蛋，花生米，從廣東自運得來的豪脯，……那小小的字號牌子是黃底的，非常新鮮地寫着藍色的「廣成昌」三個大字。——天上依然沒有太陽，中秋的天氣已經有點兒冷了。

阿劉把頭髮梳得很亮，穿一件刀銹色的舊棉袍子，把又髒又爛的短褂子換去了，臃腫的臉上薄薄地秘密地敷着乾粉，她勤勉地親自把門口打掃得乾乾净净，粗重一點的事交給阿芳去做，自已的手閒着又覺得無聊，在店子門口的石塊砌成的階上，忙忙碌碌的洗起衣服來。她發覺只有洗衣服是一件最確當的事了。老頭子在聯櫃里邊的高高的木櫈上坐着，得其所哉地很舒服地彎着那彎彎的脊椎。老太婆帶了小女孩子從街道的這一邊度過那一邊，在那排成了緊張，擁擠的隊伍繼續遷搬的人們，傢具，貨物，老虎車，卡車，洋車，………的洪流中湊熱鬧似的撞碰着，捲旋着，………別的人都惶亂了，只有他們一家卻快樂得好像過一個大節日。

八點鐘的時候，黃伯祥的老朋友高華素在廣成昌門口走過，他們是住在稻明路的，也搬了，趕着一架給傢具，箱子什麼的堆疊得完全看不見輪子的老虎車，已經有家室了，帶着一個大肚皮的老婆，兩個孩子，………碰見了老頭子的時候，他問，

——大叔早晨—伯祥哥有消息麼？

老頭子冷冷地回答，

——他回來了。

——哦，他回來了？爲什麼不通知一聲？他在那里？

——在閘北軍營………

——那麼，他是跟軍隊來的了？

——他跟軍隊？老工人阿芳側着頸頦，非常堅定地說；是軍隊跟他呵！老高，你爲了愛惜你的尊夫人，縮回家里來了、不然，喔，怎麼樣？今日的話，不比我們的伯祥兄更威武麼？

高華素紅了臉，他緊張着面部的起着疙瘩的筋肉，彷彿有人用兩隻手撕開它，嘴巴更尖了，牙齒像給人用鐵鎚擊過似的完全破碎。他格格地笑着，轉回身打發那停下來的老虎車佚繼續走他的路，他的腦袋一轉動，那破碎的牙齒幾乎要立即掉下來的樣子。

——眞可惜，我現在已經沒有時間去找他，我們搬家了，……沒有法子！

這時候老太婆走來了，他和高華素打了一個招呼，立刻找起四九來。

四九從一個角落里跳出來，他的眼睛噴射着蛇一樣的毒燄，像和高華素從來幷不相識似的對高華素凝視了好半天。

母親微笑地帶着有點羞辱的樣子說，

——說吧！四九說吧！你昨晚怎樣看到哥哥的，說吧！對着華素哥說吧！喔，傻子，怎麼不說呢？……

四九突然對高華素揮手，他坦然地毫不掩飾地這樣說，

——哦，是你，華素哥，你站在門口幹嗎的？光綫都給你遮去了！我差一點認不出你！怎麼？搬家嗎？你的老虎車去得很遠了，怎麼還不跟着走？

高華素突然像患病了似的顚躓地退下來，面孔發青，非常客氣地抬頭望一望那黃底藍字的「廣成昌」的字號牌子，說一聲「再見」，走了，像一道流魂似的依附在兩個小孩子和一位大肚夫人的背後。

當九時五十分光景，在天通庵，橫浜路一帶活動的日本陸戰隊一小隊，越過淞滬鐵路，侵入西寶興路附近中國軍的警戒線，發生了不大激烈的哨兵戰，向滬西方面遷移的中國居民像河水暴漲似的洶湧着，虹口的嚴重程度達到了極點之後，廣成

昌被迫不得已把門關閉了。——母親暗暗地感覺着四九的主張的不妥當，她把老頭子偷偷地拉到隔壁——一個關閉了的理髮店的門口那邊，對他說，

——你有沒有猜想這個呢？——四九教我們不要逃，我看他必定有一個打算，這孩子近來變得利害多了！

——眞是好利害！……但是我很久就不管事了，而且，我管它幹嗎的！我看我目前還可以活得很壯健，但是你的兒子却總是迫着要我去死，…………

他非常昂奮地這樣說，小孩子一樣的掉下了眼淚。

老太婆交絆着兩手的指頭，十分地柔和，嫩弱而易於感動，她低聲地像母親安慰小孩子一樣的說，

別生氣了！別嘮叨了！這是什麼時候呢？我們還有工夫和自己的兒子鬥氣！

老頭子的眼淚簌簌地落下來，他深深地歎息着，——當他拿自己和那不爭氣的兒子們對比的時候，他表示自己是鋼一樣的倔強，對於自己的衰弱，老邁一點也不

承認。

——那麼，說一說你老人家自己的意思吧！

——我……我……什麼也沒有，但是我想，搬走是妥當的，但是……錢呢？房子呢？廣成昌的生意，怎麼？可以把它丟掉麼？

——你為什麼不和四九商量商量呢？

一提起四九的名字，老頭子非常發火，他狠狠地咒罵起來，

——四九！四九！你把他當神仙了！他懂得條察！靠他，我得等腳尖朝天的時候才靠他！……喂，怎麼樣？還是搬開妥當得多，……

——不，你看錯了，四九決不像你說的那樣愚蠢，那樣傻，——他近來變得利害多了，我看他必定有一個打算——……

天通庵，西寶興路一帶的槍聲隱隱地冲激着人的耳鼓，虹口一帶逃難的中國居民陷入了從未有過的惶亂，——老太婆覺得有些焦急。中午十二點的時候，四九從

外面匆匆地回來了，母親一看到他就立即得到很大的安慰，她快活地這樣問，

——你到哥哥那邊去了沒有？打仗的是不是你哥哥的軍隊？……喔，下一次看到哥哥，記得同他說、父母都年老了，恐怕沒有再多的日子來等你，但是，可不要對他提起錢的事，不要太過催迫他，世界上誰不知道錢的寶貴呢？我們，有脚，有手，我們會做活，有飯吃，有地方住也就够了，我們的日子並不比別人來得苦，……

她的激動的情緒使自己陷入了一種難以支持的困乏，衰弱的身搖搖欲倒，——她不需要四九和她多說話，只需要四九給予她一點單純的安慰。

——媽媽放心吧！四九說；什麼我都决定了，我已經把許多工作都發動了，我相信這樣做對哥哥的軍隊一定很有幫助，——我們用不着走，用不着担心：凡是我們所不能解决的問題都可以拿到哥哥那邊去解决。

9　四十個

……太陽暈黃地擱在右邊的一座皮革廠的高高的烟囱上，放射着金黃色的光燄，閘北整個的樓房都發出異彩，喘息的黃浦江爲了和這里相隔太遠而顯得沉默，如果從高空里向下遠望，可以看到那爲敵人的炮艦所激盪的江面上，正有一重重的霧氣在浮動，不時在太陽光的照映中現出艷麗的霓虹。

隊伍像一條又小又短的水蛇，默默地在那坟墓一樣的死寂的街道上向東出動，——他們是從中興路附近滬大車站那邊開來的，中國的還未逃盡的市民們，默默地沿着街道的兩邊站立着，對於這樣嚴重，緊急的情形，他們半點也不會在精神上受到煩擾，卻一個個都能以懂得尊重戰鬥的秘密爲自己的無上的光榮似的，只是默默地，彷彿爲了對戰士們的匆忙的行動表示極度的關切而沉思，他們彼此之間決不互相地發出任何詢問，他們只顯出一種對戰士們崇敬，信托的態度，這態度是憂鬱的，淒苦的，似乎帶着無限的情意，對於這些開赴火線的戰士們，他們決不會覺得好玩或奇特，——無論老年人或壯年人，女人和小孩子也一樣，他們的面孔都是嚴肅的，激發而昂奮，…………

碧綠的灌木叢吞沒了人影，細嫩的樹枝鞭打着人的耳朵和眼睛，泥土是冰冷而潮溼的，草鞋和襪子唧着水叫出煩膩的聲音，有時竟是裝滿了水的低地，叫人整半身都陷進水里去。

天很快的黑下來，順着那遼闊的平原極目四望，天邊的過於遼遠的星兒碎什而撩亂，有時彷彿有千萬顆的星兒受了搗攪，紛紛地聚集在一起，又紛紛散開去，像飃散在空中的燐火，神秘地互相投射，不斷地使自巳分裂成無數的個體，——天通菴，八字橋方面的機關槍聲，手溜彈的炸爆聲，低低地，難以追尋地，斷斷續續的響着，炮聲是那樣稀疎，在廣東路一帶燃燒的火也熄滅了，——自從十三日戰端發動後的一週中，依照敵第三艦隊長谷川司令的報告，他們第三艦隊所指揮的第十戰隊，第十一戰隊以及第五驅逐艦隊，已受傷的軍士達七千六百餘人，已死的軍士達五千八百餘人，軍艦方面有巡洋艦兩艘，驅逐艦三艘及炮艦四艘受傷，其中「鳥羽」已成廢物，運輸艦已有兩艘受傷沉沒，飛機（包括轟炸，驅逐，偵察）炸毀及失蹤的共四十二架，受重創者十六架，輕創者二十二架（包括由台灣飛來者在內），唐克車毀壞者四輛，受傷者十二輛，日本僑民死亡者達八百餘人，……據說，他們的援兵又開到了，正又預備着反攻。

半個鐘頭之後，隊伍變轉了方向，離開那潮濕的窪地，沿着一條白光掩映的小河流的岸畔走，戰士們傴僂着身子，成爲怪異的蠢動的黑線，像一條毛虫似的爬行着，在草鞋的踐踏下裂開了的河岸上的泥土噴射着苦澀的濃烈的氣味，不時的有發鬆的泥土從脚邊落下水里，彷彿有人用手輕輕地把水撥動，清朗的聲音寂寞而悅耳。——隊伍越過了一個靠近了江灣路的村子的背面，在一幅麥田上歇息下來。遼闊的天幕，遠遠地，茫無涯際地展開着，千萬道的星光撩亂地交射着靜默的平原。八個戰鬥斥候不整齊地排列在隊伍的前頭，像一道無光澤的濁流，在掩映的星光里作着令人目眩的浮動，……依照着他們所發出的警訊，整個的隊伍迅急地完全臥倒了，樹林的幢幢的黑影由晴朗的天空作着反襯，高高地突出在地面上。八個戰鬥斥候開始在左邊的柏樹叢里急速地流竄着，在和隊伍相距半里外的地方，沈寂的空間使發出的槍聲變成兇惡，可怖，彷彿是鷹鷲般的一種長聲而令人滴出眼淚的叫鳴，……

於是激烈的變動開始了，——

在前面約莫五里遠的公路上，突然發出了一陣猛烈的排槍。相隔不到五秒鐘，左邊稍遠的黑色的高屋上，有連射至三千多發的機關槍在叫囂着。這是一種出人意外的突發的騷動，密集的槍聲竟像春天的蛙鼓似的到處蔓延着，呼應着，互相傳染，每一陣的槍聲發出之後，總是久久不歇地在四面的樹林和房屋之間作着繚繞，而且重重地蓄積起來，使空氣變得沈重而緊張，至於疲乏地發出氣喘。有時較高的聲浪突然地掀起了汹湧的波濤，彷彿把千百隻的狼趕向空中，叫牠們互相搏鬥着，嚙咬着，發出激烈的咆哮。有二十五個中國軍從隊伍中最先出動，他們取了不同的方向，沿着兩邊的田塍左右展開，按照着一定的時間不斷地放槍，藉以激刺敵人的腦子，叫他們當疲乏地快要把槍聲停息下來的時候，又突然提起了興趣 ，繼續那熱烈，驚人的音樂，使這小小的隊伍毫不寂寞地渡過那令人心急得難以挨熬的長夜——爲了等待明晨的戰鬥而令人心急得難以挨熬的長夜。

仔細查察他們自己的行動，他們也許是太粗疏，太魯莽，簡直對於軍事學上的任何禁忌全都不懂。但是營長周明，一個面孔血紅，略胖，壯健而高大的少年人却頑強地帶領着他們，他的自恃的態度幾乎比一個百戰百勝的老將軍還更驕縱，……天上的星兒變成野菊兒般的黃色而略帶碧綠 ，他們因爲對着黑夜凝視得太久的緣故，以爲自己的眼睛已經可以和貓的眼睛一樣的透射黑暗，却不知晨光將要降臨，陰深的夜色正在漸漸的褪減。周明的激烈，暴躁的情緒是誰都能夠了解的，他喜歡極力地使戰鬥的場面單純化，依照着他的意思，當最初第一次的排槍發出之後，他就要從弟兄們的身上取得是否勝利的答案了，然而這戰鬥却並不如他的意想那樣的單純，……

中國的戰士們必須熟悉自己的地形，如同熟悉自己身上的鈕扣，——這一點他們是毫無遺憾地辦到了，——他們信賴自己。把全軍的命脈完全交在自己的手上。他們跨過了一幅廣闊的荒廢的曠場，在蒺藜叢裏涉過了一條很淺的河流，登上了一條小小的田基，於是整個的隊伍完全臥倒了，在田基上作着蛇行。八個斥候兵神秘地報告了敵人的哨兵的崗位，教整個的隊伍遠遠地避開了他們，偷偷地越過了敵人的哨線，像蝙蝠似的從他們的頭上飛掠而過。

天色微亮了，其美路一帶的暗灰色的房屋呈現在他們的[illegible]憑着尺子一樣的準確的目力，他們在一座小木橋的橋欄邊發見了兩個全副武裝的日本陸軍的影子。

他們最初第一次發出了排槍，射擊的目標完全擺在那兩個日本兵的身上。

這里相隔約有三十秒鐘的死一樣的靜默，——在這個最迫切，最暴躁的時間中他們停止了呼吸，停止了脈膊，爲着等待這排槍發射之後所起的反應，他們把壯健，强大的生命力緊縮成小小的一團，痙攣地，苦苦地、用最大的警覺性來挨煞這僵尸一樣的靜默。

有兩架機關槍從左邊的一幅小小的菜園里向他們左邊的一條很長的圍墻用毀滅一切的威力作着掃射，古舊，腐朽的圍牆一角一角的崩陷下來，爲子彈掠過的地面像發出旋風似的捲起了白色的塵土、久久不歇地在地面上籠罩着，漸漸的成爲一重濃霧。

從木橋上衝出的敵人發射出最猛烈的火力，像潮水似的把中國軍淹蓋着，——另外，有一大隊的敵人在剛才所說的兩架機關槍掩護之下從小小的菜園那邊出動了，他們有着驚人的，鎮懾一切的勇猛，他們在同一個時候中一律中彈了似的完全倒臥在地面上，可是瞬息之間又像死尸復活似的一齊地直站起來，他們的動作是這樣敏捷，剛剛從對面出現，倏忽之間就迫近了中國軍的陣地，——敵人的這種閃電似的迅急的動作實在使中國軍除了發出驚訝之外，其他可以說一點準備也不能有。這一隊小小的散亂，單薄的中國軍只好暫時對這一部份的敵人實行躱避，他們決定最先就用迅速，有效的手段來支解從木橋上衝出的敵人。但是不行，來自菜園里的那一隊敵人太利害了，他們對中國軍可以說毫無顧忌，他們有着極强盛的戰鬥的衝動，這衝動在作爲敵對者的中國軍身上簡直有着居高臨下，不可抵禦的破壞作用，如果偶一不愼，中國軍很有立即被殲滅的可能。

爲第三排排長高峯——一個面目淸秀，身體壯健的壯年人所率領的八個兄弟，沿着一條乾了涸的流水溝向東作着蛇行，穿過一重敗壞而未加修理的籬笆，迅急地去奔就那菜園里的敵人。晨光熹微中，高峯和八個兄弟的藍灰色的影子像田鼠一樣的流竄着，他們顯然爲另一方面的敵人所覺察，在什亂的槍聲中，那流水溝的岸上一陣陣揚起了白色的塵土，子彈掠過了地面，低扼地，短促地叫鳴着，但是那藍灰色的影子没有被擊中半個，他們終於一個個逃進那鉛白色的籬笆里去，——於是，有十五個人的隊伍，在周明的鐵鑄的同一命令之下出動了，他們像發怒的貓，從鼻官里發出呼嘯，——爲着絕對地對於中華民族的強大的意志的盡忠，爲着整個中華民族的神聖勝利之奪取，他們一個個把體格擴大了，他們擺動着那巨人一樣的黑色而闊大的背影，像人熊似的，沈重地，吃力地，冀圖着在一舉手，一動足之間，把整個的空間完全占領。他們，這十五個怪物的出現在敵人的猛烈的火力之下成爲一個耀眼的目標。在這里，人類的官能可以接觸到一個神秘的沈寂的場面，——十五個人所發出的排槍，夾帶着一種震撼一切的威力，使整個的空間起着劇烈的顫抖，這顫抖，叫人在一時之間完全喪失了聰明和智力，並且天上所有的發光體都搖搖不定的墜入了黯淡，暈濛的境界。他們迅急地從左邊的敵人的陣地取得極短的距離，倏忽之間，十五個黑色，高大的影子和敵人的隊伍緊緊地參合在一起，發出一道迷人的灰色，陰啞的濁光，像爲狂風所捲起的泥砂，濃密地掩蔽着低空，使整個的陣地入于一種憂愁的夢境。——黃伯祥夾在他自己所直接帶領的二十五個人所組成的散兵線里，用公路邊的低地作着掩護，淸楚地目擊着這激烈的驚人的變動。有三個中國軍和八個敵人緊緊地扭絆在一起，像有人用最高價的寶物投擲在他們的中間，叫他們彼此作着沒命的爭奪，——同時，有由六個人所組成的小小的隊伍像迷途的狼似的，踉蹌地，毫無自主地落在十五個以上的敵人的手里，他們屢仆屢起，戀戀不捨地，挺着雪亮的刺刀，纏夾在敵人的隊伍中，使敵人疲憊，厭倦，結果是束手無策，即使要把他們拋棄不顧也成爲不可能。另外，有十五個以上的中國軍，像平地里發出的旋風似的，急速地投入在敵人的大隊里面，使敵人的大隊捲起波濤，接着像一個山阜突然崩陷似的，力乏而氣喘的聲音在空中痙攣地顫抖着，抽才着。

他們不斷地變換着進擊的目標，每一次把進擊的目標變換，每一次總是把全力擺在上面，使敵人對他們長長地作着包圍的陣線總是突然中斷，而戰鬥的中心也沒有一定的地點。

四十個中國軍，像猛發的箭似的，沿着和菜園相連接的低地馳上那碎石築成的寬闊而逐漸往前高起的街衢，爲消滅盤踞在那高屋上的敵人而激烈地作那高屋的奪取戰。菜園里的敵人的機關槍老早已經落在第三排的手里，第三排的兄弟們占領了東邊附近的一座碉堡式的新建的洋房，將他們自己的和奪取得來的機關槍架在屋頂上，把木橋方面的敵人暫時擱開不管，用全部的火力向那高屋上的敵人傾注，使敵人不能不像啄木鳥似的，畏懼地，羞澀地躲避了他們的視線，紛紛地集中到高屋的背面，讓那四十個矯捷如猴的中國軍飛速地登上那高屋的露天的扶梯，叫隱匿在高屋里的敵人大吃一驚，一個不留神，就有四十個强勁的對手出現在他們的眼前！……

這四十個看來都是高大的，壯健的，他們的行進有着可驚的速率，在晴明的晨光中可以清楚地望見，一個年輕的中國軍從那高屋的交互傾斜的樓梯的下一段走上了上一段，當他攀登依着樓梯紮成的一丈多高的障碍物的時候，他簡直在肩膀上插了翅膀，像一隻鴿子離地上昇一樣。有一個年近五十的老中國軍，他的頭上包裹着白色的毛巾，肩膀很闊，兩手像歛束着翅膀，預備離地高飛的鴟鳥似的緊縮着，雙脚像刀板似的朝着相反的方向分開着，走起來上身像鐵打一樣的堅定，似乎任何暴力都不能把他動搖分毫，一枝雪白的刺刀映着清晨的亮光在他的腰邊閃耀着，——望着那高大，壯健的背影，令人在心里湧上了一股强烈的情緒，簡直要發出熱烈的語句遠遠地呼叫他，稱他一聲「伯父」，表白了人與人間的最誠摯的愛慕，——他走在所有的中國軍的最前頭，——他有一隻高大，勇武的黑毛狗，牠熱烈地陪伴着那老人家的嚴肅，靜穆，甚至有近乎單調，寂寞的行程，捲動着尾巴，把四隻脚掩藏得無影無踪，像一條剌虫似的在那露天的扶梯上滾動着，不時的轉回頭來，報告那老人家這嚴重的陣地並不怎樣的寂寞，可怕，又像和他戲玩似的，把他兜弄着，發出汪汪的叫嗚，——這特殊的四十個在作戰的時候有一種富于恐怖作用的沈默，他們像悄悄地燃燒起來的火燄，在那老戰士的黑毛狗的熱烈的鼓躁中顯得尤其沈默，戰鬥的白熱的情緒直接地支配着他們每一個靈魂，使他們每一個的靈魂都緊張而縮小，除了向敵人的陣地直奔之外再沒有更多的活力，這是如何令人驚歎的情景，四十個，中華民族的英勇的鬥士如今要在數十秒鐘的極短的時間中奢侈地毫無顧惜地耗盡了他們畢生的暴戾和勇猛，……架在那碉堡式的洋房上的機關槍早已停息下來，四圍的街道也顯得很沈寂，沒有一個戰士（無論敵我）不爲了看到那四十個的矯矯的雄姿而羞辱自己，懷疑自己身上所塗抹的色調，厭看了手里的武器，他們這時候最好是坐下來做一個觀衆，不過要小心靜氣的看，不要用那四十個的勇武來激勵自己，至于不自覺地獨自個在比脚劃手，揚眉掀唇，……

一條高大，勇武的黑毛狗熱烈地鼓噪着，四十個中國軍在急速的行進中依然是寂然無聲。躲藏在高屋背後的敵人放射了一兩發的步槍，看情形是街上的寂寞的景象使他們不自覺地受了傳染，他們也不能不跟着覺得無聊起來，靜待他們的同僚們給予他們更新的音訊。誰能相信他們眞是這樣的百無一知的蠢物，他們每一個都不知道這漫天的大禍的到臨？

中國的健兒們，你們當心些！你們饒恕了你們的懦怯的對手吧！如果他們要投降，你們也不妨接納他們，可不要妄加殺戮，因爲他們不是你們的敵手，你們要實惜自己的武器，要對你們的對手加以選擇，是比你們更高些的，更有胆略些的！……

於是人的心里懷着這樣的一種强烈的希望，希望躲在舊屋里面，不作一聲的敵人是一種有意的埋伏，——這正是意料中的可能的事，但是還希望他們是敵人中的精銳，他們必得嚴峻地，毫不寬假地向他們的對手執行戰鬥的任務，給予他們的對手可驚的打擊，使中華民族的缺少教育的戰士們的放蕩和驕縱成爲不可能，……

果然，這時候有一陣猛烈的機關槍突然發射了，——

四十個中有一大半應着那機關槍聲倒下了，把槍桿拋向空中，一個個從那交互傾斜的樓梯滾下來，槍聲淹蓋了黑毛狗的吽鳴，在槍聲失去之後，黑毛狗像中毒了似的用一種破裂的，變態的聲音瘋狂地呼嘯着，剩下來的少數的中國軍在急速的行進中依然是寂然無聲，其美路全綫的戰士們（無論敵我）現在都把視線集中在這少數的中國軍的身上，中國軍的愚蠢的行動使他們發出無限的驚訝：這少數的中國軍現在只好等待那高屋上的敵人第二次的機關槍的發射了！人們都不明白，他們總覺中國軍在這樣的一種單純的戰鬥方式上所得到的機緣是怎樣微小，正如征服銀嶺的勇士用一條繩子把自己懸掛在白色，透明的絕壁上面，——這一小部份的中國軍是怎樣地去博取他們的「觀衆」的喝彩的呢？這是一個誰都不能解答的啞謎！戰鬥的利弊的關鍵確實是這樣的難以捉摸，在這里，他們僅僅要求短促至無可再短的千分之一秒的時間以通過他們的強健的活力，這千分之一秒的時間過後，他們從敵人的手里奪取了絕對的勝利，竟成爲毫無疑義的一件事，……。

於是那可驚的，震人心脾的場面開始了，——

一條黑毛狗和少數的中國軍像一道跟隨天上的流雲飛行的黑影似的投入敵人的隊伍里面，在這樣的短兵相接的肉搏中，聽不見一响槍聲，——在敵人的龐大的黃色隊伍中看不見一個中國軍的影子，這殘酷的戰鬥永遠令人在靈魂上和它保持着難以消解的隔閡，目擊着當場的情景的人們，請盡着自己的腦力去回憶吧，……這是沒有法子弄淸楚的，人們只能把自己擱在蒙胡的夢境里面，——這小數的中國軍是怎樣戰勝戰人的呢？誰也不能鏡破此中的秘密，看來，那高屋的頂上彷彿有厚厚的霧氣在籠罩着，不過還可以淸楚地看出，那呈現在眼前的場面很簡單，高屋上的敵人在中國軍的格殺之下已經完全地殲滅了，在高屋東南面的小小的斜巷里，逃命的敵人有着極衆多的人數，十五分鐘之後，從其美路至狄思威路一帶橫直約莫一千五百米達的大街小巷中，有兩個連隊以上的敵人在潰退着，——敵人把重要的兵力藏匿在那高屋的背後究竟有什冀圖不得而知，而危險的却是這個秘密必須等中國軍把那高屋占領之後方才發露，……

其美路一帶的敵人的潰退直接使靶子場方面的敵人的陣地起了大大的波動，靶子場方面的敵人顯然神經過敏地想象到中華民族的勇士們在勝利的情勢之下所必將淋漓盡致地發揮的威力，他們在逃命之前所給予中國軍的猛烈的反攻竟使中國軍陷于苦戰的地步，——廣東人謝日堯，謝偉謀和黃伯祥，三個人被迫退入一間倒閉了很久，空而無人的南貨店里，——黃伯祥，那最初參加戰鬥的新任排長不能不呆住了，他的高大，闊板的身體蠢笨得難以移動，彷彿平時所有的智力都低減了，他不知躲在這個黑越越的角落里到底有什麼作爲。——戰爭是這樣開始了，中國和日本帝國主義的神聖戰爭是這樣開始了，這戰爭，正是他過去五年來所日夜切求着的戰爭，然而，當戰爭這樣擺在他的面前的時候，他却反而認不清楚了，對於他，這戰爭的面目竟是這樣的蒙糊不明……謝日堯像一隻耗子似的冒失地跳躍起來，露出兩個黃色的邊緣上生着鋸齒的將軍牙，大聲地叫着，

——衝出去……

他的圓大的眼睛燃燒着痛苦的火燄，兩隻瘦小的手緊緊地握着那對於他似嫌過重的槍桿，抵着腰，久久不使這個姿勢有所變換，不時像發現了異樣的獵取品似的回轉頭對別的人招手。於是他們重又投入戰鬥的漩渦……

黃伯祥恍惚聽見謝日堯那孩子尖聲地在呼叫他的名字。但是他看不見謝日堯的影子。敵人的猛烈的火力在他們所立足的巷里冲洗着。小鋼砲，手溜彈，和密集的機關槍聲混合，構成一種强烈的震破耳鼓的聲音，使黃伯祥的腦子陷於紛亂，——謝日堯像一匹從遠地馳驟而來的駿馬，他的瘦小的影子突然在黃伯祥的眼前閃過了。黃伯祥自己覺得嫩弱了下來，幾乎要爲謝日堯那孩子的運命直覺地歎息一聲；他看見一個豹子般的壯健，威猛的敵人，正挺着雪亮的刺刀緊緊地尾隨着謝日堯的背後，毫不放鬆他追趕着，不過倏忽之間，黃伯祥看見那追擊的敵人在石砌的街上倒下了，他的身上正中了非常準確的一槍，這一槍是黃伯祥發射的，這時候，黃伯祥又覺得耳朵里有自己發出的獰惡的笑聲在激盪着，——但是黃伯祥在一間理髮店的門口倒下了，他的左頸已爲敵人的槍彈所擊中。……

爲周明所直接帶領的第一連這時候幾乎担任了其美路戰鬥的全面，他們的堅實的戰鬥力使其美路至狄斯威路一帶的敵人要把自己的武器作爲掩護退却的工具也成爲不可能，——這時候，黃伯祥隱隱地聽見其美路南面一帶的街道上正發出了一片令人昂然奮起的噪音，他知道，這是他們全線的戰士們，在追擊敵人的時候，爲了歡悅，並且爲了自己的過於殘暴而發出的叫喊，這聲音是低扼的，彷彿要把耳朶緊貼在地上才可以聽出來，但是它能够使很遠的人們都聽到，似乎是靠着整個地殼所起的震盪而傳播出來的一種聲音，從這聲音可以隱隱地望見了一幅圖畫，中華民族的勇士們，散佈在那黑灰色的街道上，和敵人的尸體，以及從敵人的手里遺下來的槍械混在一起，爲了他們所占有的空間太多，他們的影子都縮得很小，簡直像一羣山鼠，每一個都是把上身過分地突向前面，疾馳而進的兩脚掀動了泥土，而他們所取的方向是一致的，……

10 决心

……子彈從前面射穿了左頸，流了不少的血，醫了整整的二十天。——臨到要出院的時候，醫生對黃伯祥這樣說，

——走路或站立的時候，常常朝向右邊望吧！這樣你可以補救一個缺憾，你的頭有一點向右傾側的趨向，……

黃伯祥覺得醫生這樣說是多餘的，他已經完全好了，——而且比前壯健得多，活潑得多。他穿了一件黑色的新製的廣東廣肇公所慰勞的棉布短衣，底下還是一條灰色的軍褲，在那又滑又潔淨的地板上，急速地跨着闊步子走着，像一個新從學校里畢業出來，學識飽滿，品性優良的學生似的很有禮貌地，不斷地轉回頭來，用一種適合的姿勢擺動着右手，鼓着洪亮的嗓子鄭重地說，

——得了！得了！……

帶領着黃伯祥走的營部的中尉副官，一個壯直，豪爽的高大的山東人請黃伯祥到卡德路的一個廣東館子里吃了一頓飯，交給黃伯祥十塊錢的獎金。他的嗓子很爽朗，說話的聲音像吹蘆笛一樣，他非常客氣地這樣說，

——恭賀你好得這樣快！這一次不會死，以後永遠不會死了！……請吧！這蟒蛇還不壞，你們廣東有蟒蛇麼？

——廣東？大把得很！

說着，黃伯祥作出很沙塵（乖張）的樣子扭動着頸項，——他覺得腦袋似乎變得輕了一些，聰明了一些，那痊愈了的頸項却比前還要牢固。

山東人又非常客氣地這樣問，

——你這一次對中日的戰爭有什麼感想呢？

接着他說出了自己的抱負，他希望能够做一個中等縣的縣長。又問黃伯祥要不要多拿一點錢，他說他拿錢幫助朋友一點也不吝嗇。

從廣東館子出來的時候，黃伯祥對他說，

——請你代我向營長請半日的假吧，我打算去找一找我的兄弟。

山東人毫無條件地答應了，他非常客氣地和黃伯祥握了手。

黃伯祥匆匆地爬上了電車，在擁擠的人羣中極力地把自己藏匿起來，不要讓任何人知道他是一個從火線上受傷回來的排長。

一個滿口湖南腔的賣票員聳着肩膀，兇狠地從電車的頭等卡里衝了過來，用空着的手猛力地撞擊在一個搭客的背脊上，發瘋了一樣的問，

——在軍工路打勝仗的中國軍是什麼人的隊伍，你知道麼？

——不曉得是羅卓英還是葉肇，誰也不明白，——這次的戰爭不比一·二八了，政府有整個計劃，凡是關於軍事的都要嚴守秘密。——一個穿秋外套的老頭子這樣說。

——老爺，你的話說得眞對！謝謝你！但你這樣說有什麼用呢？秘密！秘密是

知道了之後嚴守着的才是秘密。我的鷄巴！秘什密呢！如果你確實知道是羅卓英或葉肇，那倒不壞，原來你自己還弄不清楚！寶貝！我的舅子！……

賣票員像宣佈那老頭子的死刑似的用一種嚴厲的態度對那老頭子突然地施行逆襲，而當車停了下來，有許多人迫着要開門下車的時候，他甚至願意與全車的搭客爲敵似的忿忿地發出唾罵，

——漢奸們，滾吧！給我遠遠的滾吧！

電車在先施公司門前停下來，遇到了社會晚報在下午一時發出的號外。小孩子像閃電似的迅急地在馬路上狂奔着，嘶啞着喉嚨吗喊着，……

滬戰以來之大勝利!!!

我英勇空軍轟炸敵艦!!!

我軍今晨五時占領滙山碼頭

陸上殘敵日內可告肅清

〔今晨九時報告〕據我司令部公佈、我軍已將匯山碼頭占領、並佔岳州路、昆明路及唐山路一帶、…………

一個眉毛濃黑，身體瘦小的青年突然受了三個童子軍的盤問。

——你是什麼地方人？

——……福州……

賣買員像一隻猫似的躡手躡脚地地從那靜默地在圍看號外的人堆里走出來，不聲不響地一隻手揪住那福州青年的胸脯，死命地搗動着，接着舉起那青年的輕如麻雀的身體，猛力地把他拋出了車外。

電車開始離開那什遝，紛亂的人羣。誰都驚愕得鐵青着面孔。——湖南腔的賣票員强烈地，狂暴地在三等卡車的窗口擧起了一隻手，大聲地像一個軍隊里的官長似的發出口令，

——打死他！——打死他！……

整輛的電車在鐵軌上劇烈地搗動着，發出淩亂的，互相妨害的聲音，繼續鑽入了第二個激發，緊張的人堆里去，……

天色晴明，鮮麗的太陽光在平靜的黃浦江上披瀉着，——受了警告的，少女一樣美麗而俊俏的法國軍艦遠遠地退到和平神以南的江面，江水在太陽光下發出碎金一樣的令人眼迷的閃光，三日來的浦東與黃浦江之間的炮戰已經把停泊在日領館前的敵艦迫走了，一隻日本的水上飛機在浦東的高空里盤旋着，從北四川路底，江灣方面發出的砲聲密集地，繼續不斷，……

電車在外灘公園的門口停下來，只剩了黃伯𤇜一個人在三等卡車呆坐着。

湖南腔的賣票員忿忿地說，

——兄弟，你是一個報館的新聞記者，還是從電影公司派來的呢？……那末你可以下車了，從外白渡橋過去是 Astore House ，再過去是百老匯路，唐山路，兆豐路，……去吧！壯大着胆子去吧！爲了職務，有什麼法子呢！什麼路比較安全，日本軍官會告訴你的，他們對你這樣的人特別有交情些，………

說着，他壯健地擺動着膊臂，把黃伯祥看作一隻鷄子似的作着驅趕的姿勢。

黃伯祥無精打采地從電車上跳下來，他低着頭，懵懂地直望着外白渡橋走。

一個漂亮的英國兵從容不迫地走來了。他的壯健的皮靴聲叫黃伯祥恢復了失去的智力，當黃伯祥回轉頭看他的時候，他像一座漂亮的石像似的直站着，嘴里噓着氣，對黃伯祥示意。

黃伯祥用畢脚的英語對他說，

——I……I go home……（我回家去）

英國兵咕嚕着，他一隻手捉住了黃伯祥的衣領，把黃伯祥帶回到電車站那邊去。

黃伯祥痛苦地，悲戚地獨自個在黃浦灘上作着徘徊，——他突然碰見了營部的中尉副官，那壯直，高大的山東人。那山東人從第二輪電車追上了黃伯祥。他說，

——兄弟，我眞不行，我的心里有些迷亂，我應該再拿十塊錢給你的，……十塊錢，喂，都拿去吧，要接濟你們的眷屬，還少得很。

黃伯祥十分地受了感動，他的灰暗，沈鬱的面孔闊達地現出了微笑。

——我再不能回去了，他說；我已經沒有了家，用不了這些銀子，……

11　那灰暗，沈鬱的面孔沒有變改分毫

……日本軍以虹口爲根據地，繼續那殘酷的戰爭。他們焚燒，砲擊，轟炸，奸淫，殺戮，消滅中國人在自己的土壤上光榮地生活過的痕跡，阻塞整個中華民族的生機，——虹口的中國居民吶喊着說，

——英勇的，中華民國的戰士們呵，你們用猛烈的砲火向虹口這邊轟來吧！因爲虹口已經成了敵人的營壘，我們的房屋，我們的財產，生命寧願和敵人的營壘同歸于盡！

一個細雨霏霏的早上，黃浦江罩着灰白色的砲火的煙幕，——岳州路，韜明路一帶的中國軍在敵人的猛烈的砲火中向虬江碼頭方面突進着。黃伯祥已經昇任了第二連的連長，他帶領了一百二十個壯健的戰鬥兵，合着由×××團分撥過來的步砲排，——這一排砲兵也是由他指揮的，——在唐山路附近担任戰鬥。

日本飛機從早上五時起就在虹口的上空出現了，牠們驕縱然地，毫無忌憚地作着直下投彈，——有二十五架的日本飛機不斷地互相交替，炸彈在低空裏像鴿子似的成羣結隊地飛翔着，尖聲地叫鳴着，每一顆炸彈爆炸，那箭尖一樣銳利，水晶一樣滿身鋒棱的破片總是帶着泥土，帶着碎石，帶着低地裏的污臭的積水向空中直噴着，飛舞着，——有時落在黃浦江裏的炮彈把黃浦江的水帶上了高空，又從高空裏猛洒下來，變成了一陣驟雨，——從炮火中帶來的烟塵使所有的戰士們都變了原來的樣子。七寸口徑的大炮像瘋狂的獅子似的吼叫起來，痙攣地搗動着，抽搐着，…………………

從吳淞路方面出動的敵人，有一千左右在唐山路，兆豐路一帶的地區結集着。七寸口徑的大砲極力地使射程縮短，炮兵自已可以望見炮彈的落着地。

有五百左右的日本兵·由六架高大的坦克車作着掩護，在一個廣闊的張有無線電車的電線的十字路口閃耀着那黃狸一樣的黃色，漂亮的影子，——坦克車徐徐地，沈重地行進。坦克車的鐵輪鼓着波浪，有時候是牢固地，可怕地嚙咬着地壳，使地壳隱隱地發出顫動；裝在上面的小鋼砲噴出火來了，蛇一樣的搖弄着血紅的舌頭，……

一百二十名的戰鬥兵，他們用機關槍對日本兵的密集隊伍發射出最猛烈的火力，使日本兵一個個從坦克車後面的「死角」裡分離出去，——中彈的日本兵一個個像突然要從地上飛去的山鷹似的張開着兩臂，掙扎着、倒仆着，……最初向馬路的中間，兩邊湧出去的少數的中國軍倏忽之間分成了無數的碎點，依據着各個碎點迅急地作着交互前進，接近起來了，迅急地接近起來了，十個人搖撼着那高大的，爲了背着背囊而顯得突出的背影，在敵人的坦克車的小鋼砲噴出的液火的襲擊之下，他們像舉行一個簡單的儀式，一個個毫無遮掩地交出了自己，一個個靜靜地不聲不響地倒下去，這是決定了的，只可惜他們的武器比別人壞些，過于勇敢，躁急的性格又使他們不能不赤裸裸地在敵人的面前完全顯露，……然而又是十個，二十個的加上去了，——有另外的十五個，他們取着不同的方向，抱着同一的目的在對一架坦克車施行逆襲，——他們都袒然地把自己交出了，袒然地任憑敵人的選擇，那一個應該先倒下，那一個能够留存下來，使自己的戰鬥的生命得以延續，他們似乎對敵人這樣說，

——英雄們，都由你們去決定好了！這些對于我們都沒有什麼！……

于是敵人的坦克車翻倒了，像打了一個欠伸似的翻倒了，——從車上分離出來的靈輪像一條百足虫似的嫩嫩地擺在地上，還在微微的顫動着，……有一架受傷的坦克車痛苦地，蒙胡不清地把額頭猛撞在一座大石塊築成的牆壁上，使牆壁發出驚愕，徐徐地震撼起來了，徐徐地倒蹋了，把坦克車葬沒在亂石堆里，……

又是十個，二十個的加上去，……

黃伯祥清楚地意識着，現在，戰場上的事是由他自己來担當了，——他已經成爲有權力可以直接地支配這戰鬥場面的人們之中的一個。他發現了一個秘密：只要

他們能够和敵人相見，他們總是有法子把敵人完全摧毀；雖然日本兵一向的無敵的威武，要使他不能解答中國軍怎麽能够戰勝他們的這一問題。他終于在戰場上發現了一個自己可以自由發揮的園地，他認識了自己的力量，他已經赤裸裸地把自已交出了，誰也不能對他的强盛的戰鬥意志加以毒害，……

黄伯祥把他的巨粗，博大的身體縮小了，像一隻黄鼠狼似的胆怯地，然而精警地從一處爲炮彈所擊毀的破屋的瓦礫堆里爬了出來。很平靜，一點也不緊張，說話的聲音沒有高低，一字，一句，吃力地然而非常清楚地說着，他的灰暗，沈鬱的面孔還是一個樣。

他說，

——四百米達，看準些，——一間舖子，……這地方我是熟悉的，牠現在成爲敵人主要的退路，——那麽，……轟吧！

六個結實的炮兵像工蜂似的結集在那龐大的油着鮮苔一樣的青色的炮架旁邊，

每個人都驚愕地把嘴巴張大了，蠢笨的砲身痛苦地，痙攣地抽搐着，……閃電，液火，——和白晝的太陽光互相爭奪，……

砲兵推進到四百米達以外的地區去了。

黃伯祥走得很慢，簡直是沒精打彩的樣子，——日本飛機飛得很高，好像幾片銀灰色的蘆花似的在淡黃色的陽光裡閃動着，……高射砲噴出的白煙一朵朵的迎着他們。

黃伯祥奇怪地站定下來，——他突然爲一幅幻夢一般的圖畫所吸引。那爲砲彈所擊中的舖子整個地坍倒了，從這裏朝南而望，危牆，斷壁，綿亘兩三里地。染着赤血的石塊，泥砂，放出陰啞的閃光。在八個日本兵的尸體中有一個給炸斷了一條腿的女孩子，清醒地從血泊中抬起頭來，她睜大着一對綠色的，深陷的眼睛，奇蹟地對着黃伯祥的面孔凝望着。

——爸爸！爸爸！……她開始這樣叫了。

……過了五年了，五年之中，黃伯祥的灰暗，沈鬱的面孔沒有變改，——他像一個高大，可怖的幻影似的對那女孩子的殘破的身軀作着俯瞰，那闊大的背脊彷彿疲勞過度了似的稍爲高拱着。他也不帶手槍，他輕視駁壳，左輪一類的傢伙。一枝掛着雪亮的刺刀的「三八式」橫架在兩股的上面，——這「三八式」完全控制了他全身的平衡。

女孩子用顫抖的，微弱的聲音告訴他：四九叔不在了，給日本人抓去了。母親，公公和祖母，……都在那踢陷了的破屋的亂石堆裏面，……

她用盡了所有的力氣，使她的眼睛朝着那踢陷了的破屋的亂石堆凝望，——

黃伯祥把手裏的「三八式」放下，他對着那女孩子俯下了鐵鑄一樣的强硬的上身。當他的下顎挨近那女孩子的額頭的時候，他的全身遭了猛力的一擊似的立卽起了一陣沈重的顫抖，——那失血過多的女孩子死了，大大地睜着綠色的美麗的眼睛，……

然而這可悲的情景是短暫的，二十秒鐘之後，黃伯祥重新把「三八式」拿在手上。他踏着闊步，跟蹌地，劇烈地搗動着沈重的上身，寂寞地往前面走去，那灰暗，沈鬱的面孔沒有變改絲毫。

（一九三七年，十一月，廿一日，漢口。）

中篇的集體創作：

給予者

參加者：歐陽山、草明、東平、邵子南、于逢

執筆者：東平

讀書生活出版社 發行

中華民國廿七年一月初版

定價 三角

民国首版学术经典丛书

留欧外史（第一辑上编）
清代学术概论
中国目录学史
理学纲要
中国殖民史
白话本国史（四册）
近代中国留学史
五十年来中国之文学、论文杂记
历史研究法与中国文字变迁考
苏曼殊年谱及其他
中国商业史
妙峰山
中国文字学史（上下）

民国首版文学经典丛书

新月诗选
火灾
我们的六月
红的天使
红雾
未完的忏悔录
生死场
云游、志摩的诗
徐志摩选集
休息、给予者
迷羊
第七连
弘一大师永怀录
石门集
飞絮
鲁迅杰作选
胡适留学日记（四册）